LA
POUDRE AUX YEUX

DU MÊME AUTEUR :

CONTES

LES BAINS DE BADE (épuisé).

LA LEÇON D'AMOUR DANS UN PARC.

ROMANS

LE MÉDECIN DES DAMES DE NÉANS.

SAINTE-MARIE-DES-FLEURS.

LE PARFUM DES ILES BORROMÉES.

MADEMOISELLE CLOQUE.

LA BECQUÉE.

L'ENFANT A LA BALUSTRADE.

LE BEL AVENIR.

LE MEILLEUR AMI.

A PARAITRE EN MAI 1909 :

LA JEUNE FILLE BIEN ÉLEVÉE.

René Boylesve

LA POUDRE AUX YEUX

PARIS
LES BIBLIOPHILES FANTAISISTES
1909

Ce volume a été tiré à cinq cents exemplaires numérotés à la presse.

Justification du tirage :

90

LA
POUDRE AUX YEUX

Cette nouvelle a déjà paru en librairie sous le titre : *Petits Bateaux pour Seringapatam*. Nous la donnons ici avec une fin différente et un texte entièrement revu.

R. B.

I

J'ai bien connu M. Quinqueton, il y a une trentaine d'années, du temps que j'allais, tout petit, voir mes grands-parents à Vendôme. M. Quinqueton habitait une maison de très simple apparence, rue Rochambeau, et était juge de paix. Je me souviens particulièrement, dans cette maison, d'immenses placards qu'ouvrait une certaine bonne à tout faire, nommée Mme Pacaud, pour y prendre des confitures de groseilles. Un de ces placards contenait un portrait à l'huile, dépourvu de cadre et représentant un homme blond avec une barbiche et un œil inspiré. On disait que c'était « le portrait du poète ». On ne lui faisait point d'honneur ; « le poète » était un frère de M. Quinqueton, mort à Paris pendant la Commune, on ne savait trop comment ; peut-être ne tenait-on pas à le savoir.

M. Quinqueton avait un fils appelé Prosper, qui mangeait avec moi la confiture et jouait dans un bout de jardin grand comme la main, mais où passait un de ces innombrables petits cours d'eau qui baignent si gracieusement les pieds de Vendôme. Ce ruisseau sortait d'une voûte obscure et grillagée retenant au passage la paille, le foin et des objets divers. Prosper et moi construisions des bateaux, en bois quand on pouvait, en papier de journal quand on était pressé; nous les lancions à une extrémité du jardin et allions les recueillir à l'autre, mais en nous querellant dans le trajet, parce que je l'effectuais en courant au plus court, tandis que Prosper, qui prétendait s'embarquer pour des contrées lointaines, perdait un temps précieux à expédier des télégrammes, à se procurer des sommes folles au guichet d'une banque imaginaire, à faire enregistrer de fantastiques cargaisons. Il s'arrêtait au premier poirier qui représentait pour lui la mer Rouge, et tombait exténué sur un banc rustique qui n'était ni plus ni moins que la station au nom splendide de Seringapatam! Vous pensez bien que j'étais arrivé depuis longtemps et que j'avais déchargé mes vaisseaux quand Prosper en était encore à faire des embarras à Seringapatam.

— Qu'est-ce que c'est, Seringapatam? demandais-je à Prosper. Es-tu sûr, au moins, que ça soit sur un fleuve navigable?

— Seringapatam! s'écriait-il, en se gonflant tout entier; et la façon dont il magnifiait ce mot impliquait réponse à tout.

M. Quinqueton sortait au bruit de nos disputes. C'était un doux homme, veuf, très confiant et très bon. Il ne voulait nous contrarier ni l'un ni l'autre, et cherchait un terrain d'entente avec l'expérience que pouvait lui fournir sa fonction de juge. Il était d'une grande impartialité, ce qui agaçait également les deux plaideurs, dont l'un voulait surtout que l'autre eût tort.

— Voyons, monsieur Quinqueton ! qui est-ce qui est arrivé le premier ?

— C'est vous, Francis.

— Mais, papa ! répliquait Prosper, c'est idiot. Il court sur ses deux jambes, il saute par-dessus le banc et il est arrivé !

— Qui est-ce qui t'empêche d'en faire autant ?

— Ah ! bien, alors, si on ne peut plus s'amuser !...

— Mon enfant, me disait M. Quinqueton, vous n'avez donc pas de plaisir à naviguer sur les océans, à pénétrer dans les Indes ?

— Mais, sacristi, monsieur ! il n'y a pas d'océans ni d'Indes, puisqu'il n'y a qu'un poirier et un banc.

— Il n'y a pas d'océans ni d'Indes ! s'écriait Prosper ; mais, mon pauvre vieux, regarde donc comme je suis fatigué !...

En effet, il suait à grosses gouttes, à force d'avoir piétiné. M. Quinqueton appelait Mme Pacaud, afin qu'elle épongeât le front du voyageur. Et Mme Pacaud, la serviette à la main, disait avec admiration :

— Parlez-moi d'un enfant aussi intrépide !

M. Quinqueton venait quelquefois dîner chez mes grands-parents. On le taquinait parce qu'il n'entendait pas malice et parce qu'il faisait volontiers étalage de « ses propriétés du Saumurois ». M. Potu, notamment, un ami commun, qui avait la prétention qu'on ne lui en fît point accroire, empêtrait souvent M. Quinqueton en le pressant de dire avec exactitude en quoi consistaient ses « propriétés du Saumurois ». J'en tirais prétexte à faire enrager Prosper, lors de notre prochaine partie de transports maritimes.

— Tu te donnes un mal insensé pour aller jusqu'à Seringapatam, lui disais-je ; pourquoi ne t'arrêtes-tu seulement pas dans tes propriétés du Saumurois ?

— Pourquoi je ne m'arrête pas dans mes propriétés du Saumurois ?

— Oui ! C'est parce que tu n'en as pas !

Cependant M. Quinqueton allait bel et bien une ou deux fois l'an dans le Saumurois ; il en rapportait le plus clair de ses revenus et plaçait à Vendôme même un vin blanc réputé nectar. Peut-être était-il capable d'exagérer l'importance des « propriétés », mais c'était pour donner plus de valeur à son cru.

— Alors, disais-je à Prosper, tu y as été, toi, dans les propriétés du Saumurois ?

— Si j'y ai été !...

— Fais voir combien c'est grand.

Nous étions sur une promenade publique que l'on nomme à Vendôme « la Montagne » parce qu'elle est située sur une éminence d'où l'on domine agréablement la ville et les environs.

Prosper embrassait l'horizon du regard et faisait la girouette avec son bras tendu :

— C'est plus grand que tout ça !

— Oh ! mais tu es archimillionnaire ?

— Pourquoi ?

— Parce que ton père dit que c'est tout vignes. Ça doit rapporter. Papa en a, lui, trois carrés grands comme le toit de la sous-préfecture ; il en tire, « bon an, mal an », deux mille francs. Calcule !... Et puis, écoute-moi, mon vieux, ce que tu me dis là, ça n'est pas possible, parce que la vigne, c'est sur des coteaux, c'est penché : il peut y en avoir long, mais il n'y en a jamais si large que ça.

— Oh ! avec toi, il faut toujours voir les choses telles qu'elles sont. Tu es assommant !

II

Plus tard, lorsque le goût de jouer et de nous quereller fut passé, et lorsque nous étions, Prosper et moi, de petits messieurs pleins de suffisance, en tenue de collégiens, je me rappelle avoir vu un pauvre M. Quinqueton tout en feu. Il était des premiers à faire renouveler par des « cépages américains » ses vignobles atteints du phylloxera. Les deux mots « cépages américains » retentissaient aux dîners, comme autrefois les « propriétés du Saumurois ». M. Potu se moquait beaucoup de M. Quinqueton à cause de sa confiance aveugle en ces racines étrangères dont les journaux disaient merveilles, mais qui n'avaient, en somme, jamais encore porté de fruits sur notre sol. M. Quinqueton poussait le zèle jusqu'à dévaster lui-même ses vieux plants de vignes inattaquées, sous le prétexte qu'ils ne sauraient manquer d'être phylloxérés l'an prochain et que mieux valait faire dès aujourd'hui peau neuve.

Le fait donna raison à l'initiative de M. Quinqueton, puisque ses compatriotes durent l'imiter peu à peu; mais il reste à savoir si M. Quinqueton se lança dans cette entreprise avec la hardiesse du sage, c'est-à-dire muni d'informations contrôlées, appuyé sur des formules, ou bien avec la témérité d'un homme épris de ressources paradoxales et crédule aux panacées. Comme la plupart des vignerons qui le suivirent, à prudente distance, il est vrai, n'eurent qu'à s'en louer, M. Quinqueton jouit à Vendôme du prestige de l'initiateur heureux, sans que l'on sût d'ailleurs nettement ce qui était résulté des opérations pratiquées dans « ses propriétés du Saumurois ».

A cette époque-là, M. Quinqueton me demandait, comme on fait aux potaches :

— Eh bien ! jeune homme, à quoi nous destinons-nous ?

Et il me regardait entre les deux yeux, de l'air d'un profond penseur. Je n'avais pas eu le temps de répondre, qu'il disait :

— Prosper, lui, oh !... oh !...

— Ah ! ah !... Et qu'est-ce qu'il veut faire, Prosper ?

— Je n'en suis pas embarrassé. C'est un garçon qui fera son chemin !

Je répétais à Prosper :

— Dis donc ! ton père prétend que tu feras ton chemin.

— Eh bien ?

— Quel chemin ?

— Oh ! oui... Toi, il faut toujours mettre les points sur les i... Mais, d'abord, le chemin qu'il me plaira.

— Tu as de la chance !

— Je suis fils unique, n'est-ce pas ?

— Ça, c'est exact. Et ton père ne mendie pas son pain.

— Et je compte me la couler douce.

— Est-ce que tu resteras à Vendôme ?

— Cette farce !... Tu ne m'as pas regardé !...

— Et où est-ce que tu iras ?

— Mais à Paris ! mon bibi !... oh ! la, la ! tu retardes !... Veux-tu l'heure ?...

L'exhibition était-elle préméditée ? Il tirait de son gousset un chronomètre.

— Mazette ! tu as une montre en or !... avant ton bachot... Moi...

— Moi, papa est un amour.

III

J'avais perdu de vue depuis bien des années M. Quinqueton et son fils, par suite de la mort de mes grands-parents, qui nous éloigna de Vendôme, et j'avais oublié, je l'avoue, et mon ami Prosper et son amour de papa, lorsqu'un de ces hasards que l'on s'obstine à dire extraordinaires, et qui sont ce qu'il y a de plus commun dans la vie, vint me rappeler « les propriétés du Saumurois ».

Je venais de me marier, et présentais ma femme à de vieux amis que nous avons à Chinon. Chinon est le plus joli pavillon du jardin de la France. Quand on y va, on y voudrait vivre, et ses petites rues où Jeanne d'Arc a passé et qu'ornent encore des pignons et des fenêtres en ogive par où, un jour, des yeux ont vu monter au château le cortège qui ouvrait la plus pure des épopées, ses petites rues vous donnent le goût des vieilles demeures charmantes et paisibles dont la pierre effritée ou le bois vermoulu inspirent la nostalgie enivrante des temps écoulés. Bon sens, simplicité et belle humeur, c'est ce que nous chantent toutes ces chères vieilleries françaises ; elles disent aussi la soumission au réalisme de la vie, le fin sourire aux billevesées. Charmantes gens aux veines de qui coule le sang du très avisé Rabelais ! Figures éclaircies par l'incomparable vin ! Palais flattés par la saveur du pain de seigle et du fromage de chèvre, et dont la voûte retentit des plus gentilles et des plus réjouissantes expressions de la plus belle langue du monde ! Et vous enfin, bonne vieille au bonnet tourangeau, que nous avons vue, dans une pièce obscure d'une maison penchée sur le côté, dans la rue Saint-Maurice, et qui battiez des mains avec un petit enfant en chantant :

« Pan, pan, pan !
Je vous mets vos gants.
Pan, pan, pan !
Quelqu'un vous attend.
Pan, pan, pan !
Rue du Puits-des-Bancs ! »

Oui, c'est vous, grand'mère et petit enfant de Chinon, plaisante image se présentant à la suite de quelques séductions confuses, qui nous avez arraché le cri : « Restons dans ce pays ! »

Une demi-heure après, nous montions en voiture, suivions la route qui longe la Vienne jusqu'à son confluent avec la Loire, à Montsoreau, et nous arrêtions là, sur la pente du coteau où tournent les ailes de moulins à vent, non loin des ruines du château célèbre, en face d'un fleuve de sable et d'eaux languides, pour visiter une maison du temps d'Henri IV : « *La Gloriette,* à vendre ou à louer, avec clos et cellier. »

La maison nous ravit; le prix qu'on en demandait était modeste. Nous revînmes le lendemain à Montsoreau pour voir Me Camus, le notaire. Il nous énuméra les « joignants » : au nord, Baillavoine (Jean-Nicolas) ; à l'est, Arnault, (Adolphe), dit le Boitoux; au sud et à l'ouest, Quinqueton (Pierre-Prosper).

— Quinqueton, Pierre-Prosper ?

— Oui, Monsieur.

— N'est-ce pas M. Quinqueton, de Vendôme ?

— Lui-même, le juge de paix.

— C'est bien cela... Ah ! par exemple ! c'est comique... Ce bon M. Quinqueton !... Et moi qui ne pensais pas à lui ! Mais, en effet, nous sommes en plein Saumurois !... Et comment va-t-il ?

Le notaire pinça les lèvres pour comprimer un sourire à ma question familière.

— Monsieur, dit-il, je ne saurais vous dire.

— Ah ! pardon ! vous n'êtes peut-être pas le notaire de M. Quinqueton ?

— Si fait; mais M. Quinqueton ne m'entretient pas de sa santé.

— Il ne vient donc pas ici ?

Le notaire se tourna vers son maître clerc :

— Depuis combien d'années le sieur Quinqueton n'a-t-il pas comparu ?

Le clerc roula son porte-plume entre les paumes de ses mains, leva les yeux au loin ; il compulsait les dossiers dans sa mémoire.

— Quinqueton ? fit-il. Quinqueton... attendez !... Quinqueton (Pierre-Prosper), Ballureau (Jacques), dit Cudasne, prêt sur hypothèque... 88... 89 ? 89, c'est l'année de l'Exposition. Je le vois encore ici. Ça fait sept ans.

— Il n'est pas venu ici depuis sept ans !

— Exactement.

— Mais, autrefois, ne venait-il pas plus souvent ?

— Deux fois par an, ponctuellement.

— C'est curieux ! Et depuis ce prêt...

— Cet emprunt. Le prêteur est Ballureau (Jacques), dit Cudasne.

— Ah ! fis-je, surpris et inquiet tout à coup, le prêteur est Ballureau dit Cudasne ?... Je vous demande pardon, maître Camus ! J'ai beaucoup connu M. Quinqueton, vous comprenez !

— Passons-nous aux servitudes de l'immeuble dit *la Gloriette* ?

— Mais certainement, maître Camus.

IV

IV

Ce léger mystère touchant M. Quinqueton troubla ma joie de l'acquisition de la Gloriette. Je m'informai de lui dans le pays. Beaucoup de cultivateurs l'avaient vu autrefois.

— Un bien bon et bien excellent homme, monsieur!

— Il a ici un beau domaine ?

— Eh! pardi! c'est selon...

— Mais le vin de votre coteau est renommé ; il se vend cher...

— Cher? c'est comme on l'entend ; les années sont « traîtres »... Et son fils à m'sieu' Quinqueton, il doit être dégourdi, à cette heure?...

C'était à moi de répondre. J'interrogeais un autre :

— M'sieu' Quinqueton? un homme qui avait le cœur sur la main ;... de l'amour-propre, par exemple!

— Il a du bien?

— Il en a.

— Mais il paraît qu'il n'y met plus les pieds?

— Ça, c'est la pure vérité.

— Comment expliquez-vous?...

— Expliquer! mon cher monsieur, expliquer!... J'avons seulement pas été deux ans à l'école!...

A un autre!

— M'sieu' Quinqueton, oh! oh!... Fallait le voir du temps du phylloxera : il aurait retourné le pays comme une descente de lit! En a-t-il arraché! en a-t-il planté!... Et des bâtiments! et des pressoirs, en veux-tu en voilà! sous prétexte que l'« américain » allait décupler la récolte!

— Et le résultat de l'«américain» a été trompeur?

— Il a été trompeur et il ne l'a pas été...

— Mais dans le cas de M. Quinqueton?

— Eh! pardi, le cas de M. Quinqueton est pareil aux autres, allez...

— Le pays n'est pas endetté?

— Endetté? c'est-il donc qu'il l'est, endetté, m'sieu' Quinqueton, que vous voulez dire?

— Ce n'est pas moi qui le prétends.

— C'est des on-dit! rapport à ce qu'il se cache. On ne le voit plus. Il était faraud!... Y a-t-il longtemps que vous avez vu son garçon? Oh! son garçon! Quand il parlait de lui, on voyait l'eau qui lui montait à la vue;

il vous regardait au travers d'une ondée, parole d'honneur! Tenez! quand il disait comme ça: « C'est le meilleur sujet du lycée de Vendôme! » y a pas à dire non, la voix lui gargouillait dans le gosier.

— Dites-moi, les affaires de M. Quinqueton sont mauvaises?

— Oh! oh! c'est selon...

— On m'a dit que son bien était hypothéqué.

— Oh! alors, si on vous l'a dit, vous en savez autant que ceux-là qui vous l'ont dit... Et moi, donc, à cette heure, voilà que j'en sais aussi long comme vous...

Je fus pris du remords de n'avoir pas conservé de relations avec ce pauvre M. Quinqueton. Lui avais-je seulement fait part de mon mariage? Aussitôt mon retour à Paris, j'envoyai une lettre de faire part au juge de paix, sans lui annoncer, bien entendu, mon achat de la Gloriette, ce qui eût été l'aveu que je connaissais ses déboires.

Je reçus de M. Quinqueton sa carte accompagnée d'un énigmatique assemblage de mots dont l'un était pour le moins étrange. Sous le nom de M. Quinqueton et sa fonction : « juge de paix », une main ferme avait écrit :

« *Heureux et fier de tout ce qui peut rappeler* TRISTAN DE MÉLISANDE, *adresse ses compliments au jeune couple.* »

Je me livrai à des supputations afin d'établir approximativement l'âge que pouvait avoir atteint M. Quinqueton; tous mes calculs aboutissaient à lui donner la soixantaine. Il fallait écarter l'hypothèse de la sénilité. Mais M. Quinqueton serait-il devenu fou à la suite de la mévente des vins succédant aux frais considérables de la réfection des vignobles? Cependant sa carte portait « juge de paix », et, d'ailleurs, un notaire aussi méticuleux que Me Camus ne m'eût point dit « juge de paix » si M. Quinqueton eût été révoqué ou démissionaire.

« Tristan de Mélisande! » En quoi, justes dieux! pouvais-je bien avoir rappelé un Tristan de Mélisande à ce bon M. Quinqueton? Jamais ces syllabes euphoniques et manifestement étrangères à tout état civil n'avaient frappé mes oreilles. Qui était Tristan de Mélisande? Quel rapport pouvais-je bien posséder avec Tristan de Mélisande? Enfin, en vertu de quel sortilège ma lettre de faire part était-elle douée du pouvoir d'évoquer un Tristan de Mélisande?... Je demandai à ma femme si elle n'avait point dans sa famille quelque Tristan de Mélisande?... Elle n'en avait point, mais elle eut une inspiration :

— C'est un nom de toqué, dit-elle; pour moi, le fils de votre M. Quinqueton doit faire de la littérature...

— Bravo ! ça y est !... Tristan de Mélisande enveloppe d'arabesques gracieuses l'humble réalité de Prosper Quinqueton ! Ce mélodieux pseudonyme et un métier d'imagination sont la conséquence logique des embarquements pour le banc de bois, qui était la cité asiatique de Seringapatam !

Cependant je reçus une lettre qui était, elle, la conséquence logique de l'acte de politesse accompli par moi envers M. Quinqueton, et qui laissa en suspens notre dernière hypothèse.

Elle était signée tout bonnement : « Prosper Quinqueton, » et ne faisait allusion à rien moins qu'à Tristan de Mélisande. Prosper m'appelait : « Mon vieux Francis, » me complimentait de l'heureux événement que son papa venait de lui apprendre, puis s'égayait au souvenir de nos jeunes années et m'appelait « sa vieille branche », puis m'entretenait « d'une large entreprise de vulgarisation » qu'il avait faite récemment, qui lui avait coûté les « yeux de la tête », puis s'assombrissait et confessait qu'il avait « quelques petits trous à combler par-ci par-là », puis entonnait un hymne en l'honneur de l'esprit positif et ordonné qu'il m'avait toujours connu et qui ne saurait manquer de me valoir une « brillante situation », puis me priait de lui envoyer cent francs.

En post-scriptum : « Motus à papa ! »

Mon Dieu! il y avait mille manières plus délicates de répondre à ma lettre de faire part! Mais, précisément, pour que Prosper les eût toutes négligées et eût choisi celle-ci, il fallait qu'il y fût contraint par la nécessité. Ma femme, qui s'intéressait à son voisin de campagne, fut touchée; peut-être aussi tenait-elle à éclaircir l'énigme du « Tristan de Mélisande ». Nous délibérâmes : enverrais-je le secours demandé, ou irais-je moi-même à l'adresse indiquée par Prosper : « 53, rue Hégésippe-Moreau »? Voyons!... Prosper devait avoir passé trente-cinq ans... garçon... Paris... embarras d'argent prolongés, sans doute, depuis le premier emprunt de son père — affaire Quinqueton (Pierre-Prosper) et Ballureau (Jacques), dit Cudasne. — J'allais tomber dans un faux ménage sous les toits, avec enfants, c'était probable. Peut-être Prosper préférait-il que je ne connusse pas de si près sa misère... Lui-même, sachant mon adresse à Paris, n'était pas venu, honteux sans doute d'être mis comme un pauvre.

— Allez toujours jusque chez le concierge, me dit ma femme.

— C'est juste.

— Ah! Et puis, qui est-ce qui vous empêche de demander : « Vous n'auriez pas ici, par hasard, un M. Tristan de... »

— Parfait! Entendu.

Je cours rue Hégésippe-Moreau. Le 53 est une maison de bon aspect. Une forte odeur d'ail se dégage de la loge, mais il y a un essuie-pieds à l'entrée, un tapis à l'escalier.

Je préparais mon : « Vous n'auriez pas ici, par hasard, un M. Tristan de... » mais un instinct de convenances, plus profond que nos volontés, guide nos paroles, et je dis, en poussant la porte de la loge :

— M. Prosper Quinqueton, s'il vous plaît?

Une voix du Midi, joyeuse, résonna.

— Hé! à l'entresol-*e* donc-*que!*

— A l'entresol! Ah! très bien... Mais, dites-moi, madame, croyez-vous que je puisse le déranger?

— Hé! pourquoi donc-*que?*

— C'est que je ne connais pas ses habitudes... Est-ce qu'il est seul?

— *Mé* oui!

Croyant à une occasion de causer, la concierge avait quitté son fourneau aux vapeurs odorantes, et sa face réjouie s'offrait à mon service. Je crus devoir en profiter pour être agréable à ma femme :

— Et M. Tristan de Mélisande?

La face de la concierge s'arrondit comme une lune; dans cette lune, une autre s'ouvrit : je vis toutes les dents et la langue jusqu'à la luette. Et il sortit de là, comme un jet d'air comprimé :

— *Cé* le m*é*me!

Je fis l'étonné. La concierge riait de tout son cœur; quand elle put articuler à nouveau, elle dit:

— *Cé dé* fan*n*tésies!

Je pressai, à l'entresol, un petit masque japonais qui mettait en branle une sonnerie électrique. Un pas d'homme se fit entendre. Mon cœur palpitait un peu, je l'avoue, à l'idée de retrouver tout à coup mon camarade Prosper, que je n'avais pas vu depuis quelque vingt ans. A la vérité j'avais aussi une crainte, que venaient de m'inspirer la maison d'aspect confortable, le tapis, le bouton électrique, l'entresol au lieu de la mansarde: la crainte de rencontrer, en la personne de Prosper, un intrigant ayant tenté de me refaire, circonstance désobligeante.

Je vis un homme que je reconnus aussitôt, non qu'il me rappelât le jeune Prosper, mais bien le juge de paix Quinqueton. Il était grand comme son papa et d'aspect doux et débonnaire; il avait deux ou trois fils blancs dans la moustache, la figure longue, mais agréable; il était décoré des palmes académiques.

Je dus me nommer, car il ne me reconnaissait pas. Alors il s'écria, me prit les mains, fut réellement ému, presque aux larmes. Il m'appelait: « Mon pauvre Francis!... ah! mon pauvre vieux!... ah! sacré bougre! »

Il me scrutait le poil et l'habit. « Ah! mon pauvre ami!... Mais c'est que tu n'as pas changé, non! »

— Cependant tu ne me reconnaissais pas.

— Depuis le temps!

— Comment va ton père?

— Papa? Très bien. Ah! dame! il se décrépit un peu, on n'est plus de la classe!...

— Et toi?

— Eh bien!... moi...

— Voyons! lui dis-je, tu as donc perdu ta position?

Il eut la physionomie d'un aveugle à qui l'on parle de la lumière. Je compris qu'il n'avait jamais eu de position.

— Voilà, dit-il. Mon père m'a toujours fait une petite pension, même très convenable. Je reconnais que j'ai été des privilégiés du sort. Il m'a dit, en m'envoyant à Paris: « J'ai confiance en toi; travaille, tu arriveras. Je ne veux pas t'influencer; suis tes goûts. Écoute-moi bien; je sais ce que c'est que la vie: un garçon ne réussit pas du jour au lendemain. Je te donne six ans, sept ans, dix ans au maximum, parce que, Dieu merci, je ne suis pas encore sur la paille et puis t'aider; mais il ne faut pas compter sur la fortune... Va, débrouille-toi, en attendant, avec trois cents francs par mois. Maintenant, mon garçon, je vais te confier une chose: le jour où tu viendras dire à ton bonhomme de père : « Papa, je gagne ma vie ; mettez vos trois cents francs de côté, — eh bien ! ce jour-là, je serai content de toi. »

— Et qu'as-tu fait, une fois à Paris ?

— Mon cher, le temps passe avec une rapidité vertigineuse !

— On a à peine le loisir de prendre la résolution de travailler !...

— Tu ne crois pas si bien dire ! J'allais tous les mois à Vendôme. Dans le train, en partant de Paris, je me suis quelquefois demandé : « Ah ça ! qu'est-ce que j'ai fait depuis mon dernier voyage ? » Ce que j'avais fait ? Mon vieux, tu me croiras si tu veux, en voilà le détail. Aller et retour Vendôme égalent trois jours, au bas mot, et à la condition encore qu'il n'y eût pas une petite occasion de rester là-bas, pour un dîner, pour un mariage, pour une sauterie chez les Potu, ou simplement pour faire plaisir à mon pauvre papa. Retour à Paris : la journée passée avec les camarades qu'on a lâchés depuis trois, quatre ou cinq jours, c'est bien le moins ! le soir, petite noce inévitable si l'on veut se conserver quelques relations amicales. Lendemain : grasse matinée, cela va sans dire ; puis réflexion sur ce que l'on fera. Bonne résolution : j'écrirai demain à Un Tel et à Un Tel. Pour cela, voir Tel autre et puis Tel autre auparavant, afin de savoir par quel bout prendre

Un Tel et Un Tel ; coût : deux, trois, quatre journées. Puis attendu rendez-vous d'Un Tel et d'Un Tel. Vu diverses personnes influentes, par hasard, dans l'intervalle. La guigne ! rendez-vous tombés même jour, même heure. L'un d'eux raté : c'était le bon ! Et ainsi de suite. Ajoute de nombreux amis, parce que trois cents francs par mois constituent une petite fortune par rapport à la quantité des citoyens qui sont dans la purée ; ajoute cafés obligatoires, balades du dimanche, petits services rendus, etc., qui m'obligent à retourner à Vendôme toucher ma pension, en fraudant de quarante-huit heures... Et voilà !...

— Les mois s'écoulent...

— Et les années !... un ouragan qui passe !

— Tout de même, tu t'aiguillais bien, je suppose, vers une direction déterminée ?

— Mon cher, il y a une carrière qui mène à tout. Autrefois, on disait que c'était le droit ; aujourd'hui, c'est le journalisme.

— Tristan de Mélisande !...

— Tu as vu mon pseudonyme ?

— Heu... heu...

— Tu m'obligerais, si tu l'as vu, en me disant dans quel endroit... Oh ! ce n'est pas pour moi ! C'est pour mon père. Quand un journal parle de moi, je le lui envoie avec le passage souligné au crayon bleu ; il est si heureux ! Ne ris pas, c'est une douce manie à lui. Mon nom imprimé le flatte ; il fait circuler la remarque chez ses amis, au cercle. Ah ! c'est à Vendôme que je suis célèbre !... Mais, au fait, qui t'a dit que Tristan...?

— C'est ton père... un mot sur une carte.

— Tu vois ! il ne peut pas se tenir d'apprendre à tout le monde que son fils a un nom dans la presse. Je m'aperçois que c'est par sa carte seulement que tu connais mon pseudonyme ?

— Je lis si peu !

— Ah ! mon pauvre vieux, qu'on a de mal à se répandre !... Ils sont là un tas de bonzes et de sinistres farceurs qui tiennent tout ; c'est le canon qu'il faudrait pour les déloger !

— Et qu'est-ce qu'a publié ce Tristan de Mélisande ?

— Publier ! te voilà bien ! Mais publier, te dis-je, est impossible. Publier est un monopole. Ils m'amusent avec leur « publier ». Publier, c'est avoir un journal, un éditeur. Si j'avais publié, mon cher, je serais célèbre : j'ai là, dans la caboche, la matière à faire péter votre civilisation !... Publier ! peuh ! je dirige un bout de revue : tiens, si tu veux que j'inscrive ton nom comme membre fondateur, en première page ?... Publier !... non, mon vieux, non, tant qu'un monsieur qui détient la place de chroniqueur dans un des trois premiers journaux du matin n'est pas crevé, et qu'on ne s'est pas assis dans son fauteuil en jouant des poings...

— Des poings! Mais encore faut-il avoir manifesté quelque part une certaine compétence?...

— Te retarderas toujours, toi. « Du toupet! entends-tu? du toupet et encore du toupet! » a dit Danton, si je ne me trompe. En voilà un lascar qui connaissait les mœurs de la République! J'ajouterai : « et des relations, » ce qui facilite la montée à l'assaut.

— Tu t'es fait des relations?

— Je connais tout le monde. Tiens! cè pauvre père Quinqueton en était tout baba. Il est venu ici, il faut le dire, pendant l'Exposition. Le nombre de personnes auxquelles je l'ai présenté, fabuleux! Des directeurs de journaux, des hommes politiques, un ministre, et des cabots, et des actrices de la Comédie française, des gens du monde, même. Il en était fourbu, rendu, vanné. Il me disait: « Prosper, je n'aurais pas cru ça, je te l'avoue. J'ai passé ma vie à Vendôme au milieu de gens distingués, mais je n'avais pas compté que je serrerais la main à tant « d'illustrations ». Je l'avais fait habiller, coiffer, chausser et ganter dans une maison pseudo-anglaise qui me fait un petit tant pour cent: il était superbe! Tous les soirs au théâtre, à l'œil! comme de juste, et aux répétitions générales! et des coups de chapeau, et des clins d'œil, et des poignées de mains !... « Qui est-ce ? — C'est Un Tel ! — Tu le connais ? — Comme ma poche ! » Un émerveillement ; un rêve. Le bouquet : au 14 Juillet, pendant qu'il était là, j'ai eu les palmes.

— Le couronnement d'une carrière, pour beaucoup.

— Alors, devant cela, qu'est-ce que tu veux qu'il dise, papa ?

— Pauvre papa !

— Non ! point « pauvre papa » ; il a chanté, au contraire, comme le vieillard Siméon, son *Nunc dimittis,* et s'en est allé à Vendôme, où il repasse en sa mémoire ces brillants jours de fête.

— Prosper, je te sais gré de ta franchise, mais enfin tu me permettras bien, à défaut de reproches, de te dire que tu es resté le petit garçon avec qui j'ai joué : tu te montais la tête, tu la montais à ton père, à Mme Pacaud ; tu croyais aller aux Indes ; tu faisais presque croire que tu y étais allé.

— Tout est illusion.

— Non ! pas ton état présent.

— Mon état présent ? Mais ne va pas t'imaginer !... Mon cher, je suis tout simplement à la veille d'obtenir la plus belle situation. Il va se créer à Paris...

— Ah ! ce n'est pas créé !

— Toi aussi, tu es bien resté le même !... Eh bien ! non, ce n'est pas créé. Mais il n'y a pas que ce qui est créé qui mérite considération ; il y a ce qui sera créé demain. Toutes les grandes entreprises sont fondées sur la confiance en un état de choses qui n'est pas, mais qui sera par le fait même qu'on se met en branle. Donc il va se créer à Paris un journal destiné à amener une véritable révolution dans la presse, un journal...

— Passons.

— Soit. Mais tu admettras que, le temps aidant, le pouvoir, l'autorité, bref, l'assiette au beurre, change de mains... Une génération chasse l'autre, ou plus pacifiquement, la remplace. Ce journal est fondé par des hommes de mon âge, des camarades, des amis. Nous avons intéressé à la chose des capitalistes connus, sûrs, en dehors des bandes interlopes; ce sont des banquiers, des industriels, des agriculteurs même, que, pour la plupart et entre parenthèses, nous tutoyons... Et, à ce propos, puisque te voilà, tu me permettras de te donner une preuve d'amitié en te laissant cette petite feuille où tu verras les avantages réservés aux souscripteurs...

— Je te remercie, Prosper.

— Nous n'acceptons pas le premier venu !... Eh bien, mon ami, dans cette grande, immense affaire, ma place est assurée, taillée à ma mesure, et, tu m'entends bien, je me considère comme *y étant déjà assis*, et les pieds dans ma chancelière...

— Sinon les coudes au guichet de la caisse !...

— Tu es dur. Évidemment je n'en suis pas à passer à la caisse ; et c'est ce qui te prouve le sérieux de l'affaire : il ne s'agit pas pour ces messieurs de nourrir la basse pègre du journalisme et de se laisser assiéger par tous les claquedents de la littérature. La tenue sous laquelle se présente l'entreprise nous oblige, cela se conçoit, à une certaine décence dans la manière de manifester nos appétits. Je n'ai pas pu frapper à cette porte avant d'en avoir acquis régulièrement tous les droits, sans quoi je n'aurais pas pris la liberté de solliciter de ta vieille amitié la petite avance...

— N'en parlons pas.

— Si, si ! je te dois même des explications. Je te dirai qu'il m'est interdit de m'adresser à mon père. Écoute-moi ; c'est une petite histoire. Papa m'avait donc donné dix ans au maximum pour me débrouiller à Paris. Ce n'est pas lui qui m'aurait jamais fait observer que la dizaine était écoulée ; mais, tout de même, il est propriétaire, il a de l'ordre dans ses affaires, et je me disais : il y pense, et il sera content le jour où je lui confierai : « Je gagne ma vie. » Alors, voilà ! Un jour que nous nous promenions, bras dessus, bras dessous, à Vendôme... c'était après l'Exposition... mon pauvre papa était si glorieux d'exhiber à la ville et à la banlieue mon ruban violet ; il avait recueilli tant de compliments !... comme nous passions sous la porte Saint-Georges, que tu connais, une des curiosités de la ville, je ne sais quelle mouche m'a piqué ; spontanément, sans la moindre préméditation, je me dis tout à coup : « Il faut que je fasse un grand plaisir à papa. » Instantanément, je lui presse le bras, je me penche à son oreille, et je lui susurre la phrase que j'avais sur la langue depuis dix ans : « Papa, je gagne ma vie, etc. » Mon cher, il n'a pas soufflé mot, tant ça l'a estomaqué. Mais après quatre pas, voilà qu'il se retourne vers la porte monumentale, et il prononce avec un brin d'emphase qui sent son cru : « Cette porte, mon fils, sera notre arc de triomphe !... » Le coup avait porté. Puis il m'a dit, plus simplement, une minute après, en me serrant la main : « Tu es un honnête garçon. » Eh bien ! tu le croiras si tu veux, je n'ai pas regretté mon mouvement.

— En effet, tu es un honnête garçon. Et, depuis lors, comment vis-tu ?

— D'expédients de toutes sortes... J'ai toujours eu une belle écriture ; je passe une partie de la nuit en copies... J'ai été typographe... J'ai été contrôleur au théâtre des Batignolles... J'ai eu un petit emploi aux Pompes funèbres... Mon ruban m'est avantageux.

— Tu as dû perdre bien des amis?

— Je m'en suis fait d'autres : il y a une certaine commisération, chez les gens de lettres, pour les pauvres bougres...

— Mais tes amis influents?

— Toutes les fois que j'ai obtenu un semblant de secours ou de place, c'est à de presque aussi gueux que moi que je l'ai dû.

— Suis-je indiscret, Prosper? tu me parais garder un lourd loyer...

— Si mon père venait à Paris!... Qu'il soit témoin de ma déchéance, non! non! J'aime mieux m'imposer des sacrifices et sauvegarder les apparences. Il parle sans cesse de revenir ici; il y reviendra; je ne sais ce qui le retient. Mon « petit entresol » est un de ces *leitmotiv* qu'il emploie volontiers, tu te souviens; il le connaît; il se le représente. « Et qui as-tu reçu, là, dans ce fauteuil Voltaire? parle, mon garçon!... » Je dois citer un nom; j'en cite un, ou deux, ou davantage!

— Tu continues à aller à Vendôme comme par le passé?

— C'est mon bonheur et c'est mon supplice. Lorsque j'ai eu un emploi, la difficulté était de m'absenter, et j'en ai perdu plusieurs pour avoir manqué du courage de me priver de Vendôme. Vendôme est cause que je meurs de faim; mais Vendôme me donne à manger quand j'y vais. Y demeurer, toutefois, m'est interdit, sous peine de culbuter le château de cartes où ma réputation est assise. Te l'avouerais-je? Tu vas te moquer de moi, mais tant pis! J'ai du plaisir, là-bas, à vivre au milieu du songe que Vendôme se fait de moi-même. Là je comprends, jusque pour l'homme sans mérite, la bonne odeur de l'encens; et quelque chose de mes intimes convoitises en est satisfait. C'est peut-être odieux, ce que je t'avoue là, ou ridicule; mais je n'en suis pas à ça près...

— Et qui voit-on encore à Vendôme?

— Les Potu, toujours. Ils ont marié leur fille aînée, la belle.

— Autant que je m'en souvienne, le père Potu n'était pas un bonhomme à s'en laisser conter?

— Ils sont pour moi pleins de sympathie, je t'assure. La seconde fille est fort intelligente...

— Et dans les « propriétés du Saumurois », y vas-tu?

— Mon père, depuis longtemps, semble s'en désintéresser.

— Prosper, il est temps que je te quitte. Puisque tu as été si sincère avec moi, dis-moi, mais là, sans ménagements, puis-je m'employer à chercher aux embarras de ta situation une solution pratique?

— Que tu es drôle! Mais, mes embarras sont tout momentanés! La solution pratique, elle est toute trouvée : c'est celle dont j'ai eu l'honneur de t'entretenir. Avant trois mois, le journal tirera à cent mille exemplaires, et tu seras remboursé du prêt que j'ai sollicité de ta complaisance... Que dis-je? remboursé au centuple! si tu veux bien abandonner un instant tes instincts de misonéisme et de provincialisme arriéré, et profiter de l'avantage tout amical que je t'offre de couvrir la première émission...

— Merci, encore une fois, Prosper; je ne manquerai pas d'y songer. Mais, dis-moi, ton père n'est pas engagé dans l'affaire du journal ?

— Papa est un terrien : il ne croit qu'à la vigne et au blé. Mais je ne désespère pas de le convertir à l'évidence. Ah! il est clair que si j'apportais les capitaux ou seulement portion des capitaux de mon père; que si je t'amenais, toi, avec la part que tu es libre de te tailler dans le gâteau, ma situation au journal serait étayée d'autant!...

— Eh bien! adieu, Prosper.

— Adieu, mon vieux, et merci, en attendant!...

V

V

Prosper fut invité à venir à la maison, tout à son aise et sans cérémonie. Il ne vint jamais. Il m'écrivit qu'une affaire de la plus haute importance l'appelait précisément à Vendôme. Une autre fois, c'est un emploi qui l'enchaînait. En compensation, il m'envoyait la Revue qu'il dirigeait, « sous les auspices du plus haut patronage. » Des noms pompeux s'étalaient en effet sur la couverture, sinon au sommaire. Et Prosper me faisait part, obligeamment, d'une innovation qu'il venait d'introduire : c'était d'adjoindre aux « membres fondateurs » une série de « membres bienfaiteurs » qui, moyennant un versement de cent francs, auraient droit à avoir leur nom inscrit en première page.

Ce fut tout ce que je sus de la famille Quinqueton avant de retourner, moi aussi, dans « mes propriétés du Saumurois ».

La Gloriette se trouva aménagée au mois d'août, non pas d'une manière très confortable, car c'était une bien vieille bicoque, mais de manière à y jouir paisiblement d'un air pur et d'une vue large et simple; c'est le propre caractère du pays.

Les pièces étaient carrelées en briques, les cheminées étaient de taille à rôtir un veau à la broche, les solives apparentes et grossières, le plafond si élevé que des toiles d'araignées résistaient aux têtes de loup les mieux emmanchées. Mais nous avions de grandes fenêtres à meneaux avec des sculptures naïves et des nids d'hirondelles, des lucarnes hautes comme le toit, un toit haut comme la maison, et des girouettes imitant le sifflement du merle et le miaulement des chats dans la nuit.

Au pied d'une terrasse aux balustres noircis par les pluies séculaires, les toitures d'ardoises et les cheminées du village, pressées, cahotées, brinqueballant comme les coiffes de paysannes qui dégringolent un chemin creux, s'en allaient tomber dans la Loire. La Loire, splendide en sa paresse étalée, léchait de longs bonbons de sable rose entre les peupliers disproportionnés de ses deux rives, portant ici un bateau plat, plus spacieux que la place de l'Église, et là-bas un autre semblable, réduit aux dimensions d'un sabot. A droite, au loin, c'est la Vienne aimable, qui arrive de Chinon à travers les prairies, sous les saules; en face, la Vallée d'Anjou plane et feuillue, que l'été avancé couvre d'or; à gauche, les coteaux qui portent le vin.

Quelles journées! quels soirs délicats passés à respirer l'odeur des pêches d'espalier d'un verger situé au-dessous de notre terrasse, ou bien à regarder la lune tendre sa blanche lessive sur la Loire!

Une saveur paysanne se mêlait par instants à l'arome des fruits mûrs, et aussi des bribes presque insaisissables de la fumée des fours où l'on cuit le pain.

Quand nous montions à nos chambres, nous n'étions pas las de regarder la calme campagne. Un moulin à vent aux ailes à demi déchirées, énorme insecte nocturne, semblait garder les vignes de M. Quinqueton. Nous nommions ce moulin, entre nous, « l'Hypothèque ». Le terme barbare, l'étrangeté de l'objet et l'horreur de la chose signifiée nous rappelaient la situation équivoque de mon vieil ami de Vendôme. Comme un dragon ailé, « l'Hypothèque » se tenait immobile à l'entrée du trésor, mais frémissant au plus léger souffle; et quand ses longues antennes bougaient, la lune étant basse, le compas de leur ombre au loin, entre les lignes rigides des échalas, avait l'ouverture d'un pas d'homme.

— Brrr! faisait ma femme à côté de moi.

— Quoi donc?

— Ce pauvre monsieur!...

— Eh bien?

— L'Hypothèque le mangera !

Septembre vint ; les raisins mûrirent ; on commença à parler des vendanges. Des chariots passaient fréquemment sur la route, accompagnés d'une étrange mélopée sur deux ou trois notes graves : ils transportaient des fûts vides. Le village retentit bientôt de coups de maillet sur des caisses sonores, curieux prélude des fêtes de Bacchus ; sous chaque hangar, en chaque cour, un homme cerclait des tonneaux ; enfin, l'air du pays fut imprégné d'odeurs nouvelles : celle des raisins meurtris, douce et sucrée ; celle des pressoirs, des celliers, humide et moisie, et de l'acidité des cuves bouillantes et de la saveur âpre et traîtresse du vin nouveau.

Personne ne vendangeait les vignes de M. Quinqueton.

On s'en inquiéta. Le maire dut faire protéger la récolte.

Or, un soir, une ombre fut signalée dans le clos Quinqueton. Il était dix heures environ, la lune était à son déclin, mais les étoiles brillaient. On distinguait une forme humaine qui avançait entre les ceps, d'un pas inhabile, et marquant, du bras droit, une sorte de mesure aux temps réguliers, comme eût fait quelqu'un comptant les pieds de vigne. C'était une femme. La clarté incertaine trompait sa marche et nous la voyions enfoncer tout à coup, ou culbuter contre une motte de terre. Elle disparut derrière un groupe de pêchers en plein vent. Nous fûmes très intrigués. Qui était cette femme ?

C'était Mme Pacaud ; je l'appris dès le matin par un mot du notaire, qui me mandait en même temps, en ma qualité de « mitoyen », que la vendange Quinqueton allait être vendue « debout » et la terre par autorité de justice.

— C'est fait ! dis-je à ma femme ; vous savez, la grande bête au clair de lune, l'Hypothèque ?... Elle mange le pauvre monsieur !...

Au soleil du matin, je vis, par ma fenêtre, Mme Pacaud dans les vignes. Elle n'était déjà plus très jeune, il y a vingt ans ; elle n'avait pas changé beaucoup ; à la lorgnette, je la reconnaissais bien.

J'allai au-devant d'elle. Elle me prit pour le clerc du notaire. Je lui dis :

— Mais non ! je suis le petit Francis, qui jouait autrefois avec Prosper.

Ma rencontre ne lui plaisait point : je vis l'embarras de sa figure. Tout un drame y fut apparent : la surprise, la crainte d'être bernée, l'examen attentif de ma personne, l'envie de se donner le plaisir de me reconnaître, de parler des temps anciens, la curiosité de savoir comment j'étais là, puis le rappel de quelque nécessité supérieure qui lui interdisait sans doute de parler.

— Je ne veux point vous gêner, madame Pacaud ; j'avais seulement l'intention de vous souhaiter le bonjour et de vous demander des nouvelles de M. Quinqueton...

— Il va bien.

— C'est l'essentiel. Je ne vous demande pas de nouvelles de Prosper : je l'ai vu à Paris.

— Nous savons ça, M. Prosper nous l'a dit. Ah ! bien! si je pensais me trouver nez à nez avec M. Francis dans le Saumurois !...

Elle était émue, Mme Pacaud. Ma présence inopinée, mais plus encore le poids écrasant du silence qu'elle était tenue d'observer, la suffoquaient. C'était une bonne femme de soixante-cinq ans environ, aux traits ordonnés, à la figure honnête. Elle portait la coiffe de Vendôme et était vêtue avec une extrême propreté.

— Eh ! mon Dieu ! voilà comment on se retrouve, madame Pacaud. Le monde est si petit! Mais aussi pourquoi venez-vous si matin à trois enjambées de chez moi ?...

— A trois enjambées ? Vous habitez donc ici ! fit-elle, sans cacher son effroi.

— J'habite, madame Pacaud, le grand pigeonnier que vous voyez là.

— Un Parisien! vous voulez rire, M. Francis!...

— Venez déjeuner avec moi, madame Pacaud, je vous montrerai mes titres de propriété.

Je sentais bien que par là je la poussais dans ses derniers retranchements. Étant propriétaire voisin, j'étais destiné à apprendre la vente, et sur l'heure. Il était vain désormais d'essayer de me taire la détresse de son maître. La fin du drame se joua dans son regard affolé; puis la joie de parler noya un moment sa douleur même.

Son premier cri fut :

— Vous ne direz rien à M. Prosper!

— Je vous le promets, madame Pacaud.

— Eh bien! c'est des « mentis », tout ce que je vous ai dit!... Oui. Et d'abord M. Quinqueton ne va pas bien.

— Sa santé?

— Sa santé, et puis tout. Pour commencer, monsieur a eu une congestion.

— Ah!

— Faut être juste, c'est de sa faute!

— Comment! de sa faute?

— Si monsieur n'avait pas été si cachottier, le malheur ne serait pas arrivé.

— Expliquez-vous !

— Oh ! je vois que je vas être obligée de vous en dire davantage. Une fois qu'on a commencé, c'est comme à confesse, il n'y a pas, il faut fureter dans les coins jusqu'à ce qu'on ait déclaré le plus petit péché... Monsieur Francis, nous avons passé par des histoires, allez !... M. Quinqueton est ruiné !

Après ce mot, ses bras, ses traits et l'animation de son regard tombèrent : elle ressemblait à une femme qui voit descendre le cercueil de son petit dans la fosse. Mais elle reprit :

— Je m'aperçois que je commence par la fin !... C'est parce que c'est le principal et que ma langue ne l'a pas retenu. Je ne l'ai jamais dit encore à personne. Vous ne le répéterez pas à M. Prosper, au moins !...

— Comment ! Prosper ne sait pas ?...

— Il ne faut pas que M. Prosper le sache : monsieur en mourrait.

— Bah !

— Savez-vous comment il a eu son attaque, monsieur Francis ? Je vas vous le dire : ça n'est pas de ce que ses affaires étaient perdues, non ! C'est de ce que j'ai découvert le pot aux roses.

— Cependant, il me semble qu'il est de toute nécessité que Prosper, qui peut compter sur l'héritage de son père... qui peut l'escompter, même...

— Ne parlez pas de ça, monsieur ! Oh ! je vois déjà que j'ai eu la langue trop longue. Alors, je vas donc être obligée de vous en dire encore plus pour vous empêcher de parler...

— Soyez convaincue, madame Pacaud, que c'est dans l'intérêt de Prosper, uniquement, que je me place, intérêt que je crois connaître mieux que personne, attendu que...

— Non, monsieur Francis, non, vous ne le connaissez pas mieux que personne. Il y a quelque chose que vous ne connaissez pas, je le parie bien : vous n'avez pas entendu parler d'un mariage ?... Vous voyez !... Eh bien ! oui, là, il y a un mariage que ce pauvre monsieur faisait mijoter depuis des années... Faut-il vous dire avec qui ? Eh ! mon Dieu ! puisque j'ai tant fait que d'être bavarde, avez-vous entendu parler de Mlle Potu ? Elle n'est pas ce qu'on appelle une beauté, non ; ce n'est pas comme sa sœur qui a épousé un hussard ; mais son père a un château du côté de Lavardin, et il dit comme ça qu'il veut un gendre qui ne soit pas de la nouveauté pour lui. Soi-disant que le hussard, qu'on ne connaissait ni d'Ève ni d'Adam, leur aurait causé des surprises... Ce serait donc cette demoiselle Potu, la cadette, qui serait comme qui dirait promise, à cette heure, à M. Prosper.

— Prosper ne m'a pas parlé.

— Il est discret ! L'occasion où je m'en suis aperçue, ça été pour sa décoration : il n'en avait pas soufflé mot à âme qui vive, monsieur, non, pas même à son père !... Ça devait pourtant lui faire tic tac, hein ? Quand on pense que M. Foureau, le principal du collège, qui pétitionne depuis dix-huit ans pour l'avoir, lui, la décoration, ne la tient pas encore !... Faut-il donc qu'il en ait fait, dans ce Paris, le cher mignon ! On dit qu'il est savant. Combien que ça lui rapporte, jusqu'au jour d'aujourd'hui, par exemple, ça n'est pas à moi de vous l'apprendre ; mais il faut tenir compte de l'honneur. A présent, pour le reste, une fois marié à Mlle Potu !...

— « Une fois marié à Mlle Potu ! » Voyons, voyons ! raisonnons un peu, madame Pacaud. En accordant la main de sa fille à Prosper, le père de Mlle Potu a peut-être pu faire fonds sur la fortune présumée de M. Quinqueton, le juge de paix, que tout le monde à Vendôme connaît comme possédant des propriétés dans le Saumurois.

— J'entends bien, mais M. Potu, voyez-vous, ça n'est pas ça qui lui fera ni chaud ni froid : il est riche comme Crésus.

— Cela n'est pas une raison !

— Et les jeunes gens, monsieur, que c'est comme deux tourtereaux ! Vous ne voudriez pas les séparer ?

Non, rien que d'y penser, je sens mon cœur qui se fend.

— Soyons logique, madame Pacaud. Vous me disiez précisément, il n'y a qu'un instant, que la nouvelle de l'infortune de M. Quinqueton serait sans influence sur la décision du papa Potu. J'en reviens à mes moutons : le parti le plus sage, et j'ajouterai le seul digne, à l'heure présente, est d'avertir Prosper.

— Vous voulez tuer son père ; c'est votre idée bien arrêtée ! M. Quinqueton n'a pas voulu dire à son fils qu'il était obligé de s'endetter pour la chose de ces maudits cépages américains. Demandez-lui pourquoi il ne l'a pas dit à son fils ! A son fils ? Mais c'était pour lui payer sa pension à Paris qu'il empruntait de l'argent sur ses terres ! Il aurait mieux aimé engager les balances de la justice — c'est sa manière de parler que je vous rapporte — plutôt que d'enrayer l'avancement de son fils.

— L'avancement de son fils ?...

— Vous n'êtes pas sans savoir que M. Prosper a à Paris une haute situation. C'est un garçon qui ne pouvait pas faire autrement que d'être distingué par ses chefs. Monsieur a été à Paris pendant l'Exposition ; son fils l'a reçu chez lui comme on ne reçoit pas un évêque ! C'est les propres paroles de monsieur. Voilà des choses qu'on n'oublie pas. Donc, M. Prosper, ces derniers temps, était en passe d'obtenir quelque chose comme un gros avancement... Ah! dame! dans une corbeille de mariage, c'est encore d'un plus joli coup d'œil qu'une truelle à poisson!... Mais voilà!... Écoutez-moi bien, monsieur Francis, vous qui êtes de Paris, vous me comprendrez certainement : qui ne donne rien n'a rien, comme dit l'autre. Il paraît donc que, moyennant une dizaine de mille francs, M. Prosper passait haut la main par dessus les épaules aux camarades. Ah! aujourd'hui, à ce qu'il paraît que c'est l'assaut : l'honneur et la victoire à celui qui arrivera le premier. Dix mille francs! c'est que ça ne traîne pas dans les bas de laine, un lingot de ce calibre-là. Enfin, monsieur a dit comme ça : « Prosper a été honnête et loyal avec moi : il m'a averti le jour où il s'est trouvé en état de gagner sa vie, et, depuis ce temps-là, il ne m'a plus guère demandé qu'une centaine de francs par-ci par-là; aujourd'hui il s'agit de lui donner un coup de main; c'est pour son établissement définitif; il me rendra le bienfait au centuple, et déjà il me promet six pour cent de mon argent. » — « Qui sait, que je lui ai fait observer, si M. Prosper ne va pas nous sortir de là avec la Légion d'honneur? Ha! ha! est-ce qu'il a fait tambouriner à l'avance pour son ruban violet? Non. Eh bien!... » — « Vous avez raison, ma fille, m'a dit monsieur, et Prosper aura ses dix mille francs. »

Il les a eus, mon cher monsieur. Ah! si j'avais su où c'était que ce pauvre monsieur les prenait!... — Dieu de Dieu! est-il bien possible qu'un homme vivant soit fermé comme la tombe! — Il les prenait, ces dix mille francs, sur l'argent qu'il avait de côté pour payer les intérêts à ses prêteurs! et savez-vous ce que c'était, ces dix mille francs? c'était le fond de son sac! Oui, monsieur. Et pourquoi en était-il arrivé là? et pourquoi n'avait-il pas vendu ses biens? Je vas vous le dire : c'était de peur que ça ne fasse jaser à Vendôme avant que M. Prosper soit tout à fait établi!

— Avant que Prosper soit tout à fait établi!

— C'est d'un bon père de famille, monsieur Francis!

— Mais, après?... après?... lorsque Prosper eût été tout à fait établi?

— Après? Mais ce pauvre monsieur comptait que son fils serait en état de lui avancer à son tour.

— Oh!

— M. Prosper lui avait affirmé qu'il se ferait dans les vingt mille avant un an au bas mot, et peut-être cinquante, peut-être cent mille!... Ajoutez à ça la dot de Mlle Potu : tout s'arrange et finit bien, comme dans les pièces de théâtre.

— Oh!

— Ça va donc être à moi, monsieur Francis, de vous faire une petite question. Allons! Vous qui connaissez M. Prosper à Paris, c'est-il votre avis qu'il sera bientôt en état d'aider son père?

— ... D'aider son père?

— Voyons! c'est-il vrai qu'il y a à Paris des positions qui rapportent des cent mille?

— Il y a de tout, à Paris, madame Pacaud.

— Oui, mais là, selon vous, M. Prosper est-il un homme à s'avancer à ces grades-là?

— Tout est possible, madame Pacaud.

— Oh! je vois bien, allez, que vous n'y croyez point!

VI

VI

Mme Pacaud faillit tomber du haut du songe que Vendôme se faisait de Prosper. Plus que l'accident de son vieux maître et sa ruine, cette chute de rêve menaçait de la démoraliser.

J'emmenai Mme Pacaud déjeuner à la Gloriette. Nous essayions de la distraire pour qu'au moins elle mangeât.

— Mon estomac est tordu comme un linge à essorer, monsieur, madame ; vous n'y feriez pas passer un grain de millet à nourrir les oiseaux.

Elle était tiraillée par la crainte que mon peu de confiance correspondît à la réalité, et par le désir — plus fort que tout — que ses chimères ne fussent pas blessées. Et, dans son for intérieur, elle me boudait un peu, parce que j'avais molesté ses chimères.

— Madame Pacaud, lui dis-je, avertissez Prosper !

— Ça ne se peut pas !

— Alors, que M. Quinqueton lui-même l'avertisse !

— Il aimerait mieux se faire périr !

— Donc, que Prosper reste dans l'ignorance.

— Ça ne se peut pas non plus, s'il faut aider à présent son père !

— Avertissez Prosper.

— Non !

— Allez au diable, ma chère madame Pacaud !

Nous faillîmes nous fâcher. Je crus cependant devoir intervenir.

— Écoutez !

D'un bond, elle fut debout.

— Oh ! tout beau !... tout beau !... Je n'ai pas trouvé le moyen d'aplanir les difficultés. J'examine simplement ce qu'il est en mon pouvoir de faire ; et ce que je pourrai, je le ferai. Entendez-moi bien : il est inadmissible que Prosper ne soit pas informé que son père a eu une congestion.

— Mais, monsieur...

— Cela est inadmissible, madame Pacaud. Il faut que vous écriviez sur l'heure à Prosper quelque chose comme cela : « Monsieur Prosper, votre papa va bien pour le moment ; mais nous avons eu des inquiétudes pour sa santé la semaine passée ; vous devriez bien venir le voir. »

— Mais, monsieur !...

— Il viendra. Pour éviter tout désordre, taisez-vous sur les causes morales qui ont altéré la santé de M. Quinqueton...

— Monsieur Francis, laissez-moi parler !

— Parlez, madame Pacaud.

— Eh bien ! il faut que je vous dise pourquoi c'est ıe je n'ai pas tout de suite envoyé une dépêche à . Prosper : je n'aurais pas pu tenir ma langue de i tout raconter.

— Enfin, vous ne lui avez pas envoyé la dépêche vous n'avez rien raconté.

— Sans doute, monsieur Francis, mais quand arrivera...

— Laissez-moi parler à mon tour : quand il rivera, je serai là, ou je serai sur le point d'arriver .r le premier train : vous pourrez bien tenir votre ngue une heure !

— Vous viendrez à Vendôme, monsieur Francis ? ɔus ferez ça pour nous ?

— Vendôme est sur le chemin de Paris ; nous nsions quitter la campagne ces jours-ci, et je serai ureux de revoir M. Quinqueton. Mais ce n'est pas la : il est indispensable que quelqu'un ici surveille vente des vendanges et s'occupe de la vente des :res ; vous ne pouvez, madame Pacaud, laisser plus ngtemps seul M. Quinqueton ; vous retournerez à endôme et direz à votre maître que je m'acquitterai ı soin de ses affaires du Saumurois, et que je lui en rendrai compte avec toute la discrétion que l'on ne serait peut-être pas en droit d'attendre d'un homme d'affaires salarié. Ma présence à Vendôme sera d'ailleurs moins suspecte que toute autre. Quant à Prosper, eh bien, nous déciderons avec M. Quinqueton s'il convient ou non de lui parler.

— Je vas vous embrasser, monsieur Francis ! il le faut. Madame, bien sûr, n'en sera point jalouse ? Et dire que j'ai failli ne point vous causer ce matin !... Ah mais ! c'est qu'un peu de plus, vous ne m'auriez pas fait desserrer les dents !

VII

Une huitaine de jours après, je prenais tristement le train pour Vendôme. Je n'avais point de fort bonnes nouvelles à donner à M. Quinqueton : les opérations de la vente étaient déplorables; toutefois, j'avais obtenu de quelques créanciers de surseoir à l'aliénation d'une partie du domaine, ce qui permettrait au propriétaire de s'en défaire plus avantageusement à l'amiable ; mais, tous comptes faits approximativement, le prix total ne couvrirait pas les sommes garanties par hypothèque. Ah! s'il pouvait être temps encore de sauver les dix mille francs confiés à Prosper !...

Quelle ne fut pas ma surprise, sur le quai de la gare de Vendôme, d'apercevoir Prosper, tout jovial, l'œil animé, la joue heureuse et venant au-devant de moi les deux bras tendus ! N'avait-il pas encore vu l'état de son père? Il en ignorait, en tous cas, la cause.

— C'est gentil à toi, mon vieux, de venir voir le papa dans son patelin !... c'est gentil !...

— Mais tu es aimable, toi aussi, Prosper, d'accourir au-devant de moi à la gare.

— Tu serais arrivé une heure plus tôt, nos trains se croisaient : j'ai eu tout juste le temps d'embrasser mon père. Hein ! quel coup !

— Comment va-t-il ?

— Très bien ! Il est sauvé. D'abord je lui ai remonté le moral. Ne se faisait-il pas du mauvais sang !...

— C'est que, sans doute, il avait ses raisons...

— Tu sais le mystère qu'il me tenait caché ?

— J'arrive du Saumurois... Mais toi, Prosper ?...

— Mme Pacaud m'a tout dit.

— Ah ! parfait.

— J'ai failli le prendre de haut ; non pour la perte des vignobles, mais pour les cachotteries. Mon pauvre bonhomme de père était tout tremblant : « Mon garçon, j'attendais que tu fusses de taille à faire fi de cent arpents de vignes... » Alors j'ai dit : « Papa, vous avez bien fait ! »

— En effet !... si tu es de taille !

— Cette bêtise ! Tu n'as donc pas vu le lancement de *l'Intégral ?*

— Ah ! c'est le fameux journal ?

— Affaire magnifique, mon ami !... dépasse toutes prévisions !... Nous pouvons vivre deux ans sans réaliser un rouge liard de bénéfices. En attendant, nous pénétrons dans le plus petit hameau ; tu as dû voir notre feuille à la campagne ; à Vendôme, elle est entre toutes les mains ; je vais avoir l'honneur de te montrer mon portrait sur les murs !... Que je te dise : Mme Pacaud, hier soir, à la brune, a lacéré une affiche pour apporter triomphalement mon effigie à la maison.

— C'est la gloire.

— Pour qui n'exagère pas, c'est l'aisance, ou, si tu préfères, une prospérité honorable... Ah ! mon vieux Francis, tu n'as pas eu de nez.

— Qui ça ?... moi ?...

— Toi, malin ! Est-ce je ne t'ai pas mis à même d'avoir part au magot ? La confiance t'a manqué : tant pis pour toi !... Oh ! je ne t'en veux pas ; d'ailleurs, tu t'es montré avec moi d'une correction dont je te saurai gré.

— Dis-moi, Prosper, je vais te poser une question peut-être indiscrète ; mais je sais que ton père t'a confié dernièrement une certaine somme. L'as-tu tout entière employée ?

— Parbleu !

— Aïe ! aïe !

— Qu'en veux-tu faire ? En aurais-tu besoin personnellement ?... Tu peux parler, Francis.

— Il s'agit des créanciers de ton père... La vente ne couvrira pas... Enfin, on calcule qu'il restera bien sept à huit mille francs impayés.

— Baste ! je me mets dans la manche du député de là-bas !... Comment s'appelle-t-il ?... Il n'y a qu'à ouvrir le Bottin... Et je fais fermer la bouche à tous ces piaillards. Le journal, vois-tu, est aujourd'hui la seule puissance. Si mon bonhomme de père était plus ingambe et plus jeune, et si des liens — dont j'aurai à te faire part — ne nous retenaient à Vendôme, je l'aurais, en quinze jours, fait nommer où il m'eût plu.

— Ta position au journal est solide, cela va sans dire ?

— Je suis assis sur les dix mille francs de papa.

— Bonne garniture pour un fauteuil ! Et tu la fais valoir, j'espère ?

— Ecoute, enfant : deux chroniques de tête, par mois, signées Tristan de Mélisande, à quinze louis l'une : c'est déjà de quoi caler les joues d'un être humain, même pubère ? A l'office des annonces, maintenant, et pour débuter seulement — en six mois on estime que le chiffre d'affaires centuplera — la ration m'est doublée. Mais, que vois-je ?... Ne te pâmes-tu point ? Ajoute qu'il ne m'est pas interdit de faire passer au rez-de-chaussée un feuilleton bâclé en douze nuits ou commandé dans les prisons.

— Le traitement d'un préfet.

— De première classe.

— ... Mais, il est vrai, révocable...

— J'ai un contrat en bonne forme. L'essentiel, toutefois, dans nos boîtes, est, je l'avoue, de s'imposer...

— J'approuve ta prudence.

En passant le long d'un grand mur bariolé d'affiches, Prosper me dit :

— Regarde.

Et, de la canne, il m'indiquait un médaillon entre vingt autres inégaux et agglomérés comme les yeux d'un bouillon. Le médaillon, de taille moyenne, contenait des traits que j'eus du mal à reconnaître, mais une banderole portait le nom de Tristan de Mélisande.

— Tu vois, dit Prosper, je ne te mens pas.

Nous arrivâmes à la maison du juge de paix. Mme Pacaud vint nous ouvrir. Elle semblait fort tranquillisée ; elle regardait Prosper comme au temps où elle admirait son intrépidité ; par contre, il me parut qu'elle ne m'envisageait pas d'un bon œil. Était-ce qu'elle avait honte de n'avoir pu tenir sa langue ?

— Eh bien, madame Pacaud, comment cela va-t-il ?

— Mais... tout va très bien ! me dit-elle.

Le ton m'en disait plus que n'eussent fait de nombreuses paroles : elle me reprochait de ne lui avoir point embelli la situation, lors de son voyage dans le Saumurois, tandis que Prosper, en moins d'une heure, avait retourné les visages comme un gant et vaporisé dans la maison l'optimisme et l'espérance.

On me conduisit à M. Quinqueton, qui était assis dans un fauteuil, un peu hébété par les crises récentes, et comparable, si j'ose dire, après extraction de son secret, à une récente accouchée. Mais sa molle joue et sa paupière pudique, froissées par le coup brutal, étaient réanimées en dessous par un nouvel élixir.

J'avais dessein de l'entretenir des opérations effectuées, en partie par mes soins, dans le Saumurois ; mais, en vérité, il semblait assez peu curieux de les connaître, en présumant le résultat mauvais, tandis que, décidément, la journée était à la détente et presque à la joie. Je me fis l'effet d'un trouble-fête et me demandai, un moment, pourquoi et comment j'étais là. Boudé par Mme Pacaud, qui m'avait fait venir, porteur de faits précis qui jamais n'agréèrent à M. Quinqueton, et continuant à jouer vis-à-vis de Prosper le rôle ingrat de confident sceptique : quel parti meilleur me restait-il à adopter que celui de prendre le premier train ?

J'avisai M. Quinqueton que, rassuré sur sa santé, je ne comptais faire à Vendôme qu'un court séjour. M. Quinqueton et Prosper eurent un même sourire, ce sourire de complicité heureuse des enfants qui cachent un petit cadeau sous la serviette de leurs parents, le jour de leur fête ; et ils dodelinèrent de la tête : non, non ! on ne s'en va pas comme cela !

M. Quinqueton m'attira à lui.

— Vous ne vous en irez pas avant que nous ne vous ayons fait faire la connaissance de quelqu'un.

Et Prosper eut un large rire.

— Ah ! ah ! fis-je, il y a du mystère !

— Il y a du mystère.

Je dus me frotter les mains, simulant la gaieté de celui à qui l'on en annonce une bien bonne.

— Mon cher monsieur, me dit le juge de paix, on prétend qu'il n'y a point de bonheur qui n'ait son revers; mais il est peut-être juste de soutenir aussi que nos misères reçoivent parfois une certaine compensation. Pour ma part, j'ai été secoué, ces derniers temps, comme on ne secoue pas un vieux prunier... eh ! eh ! la comparaison n'est pas mauvaise : il ne reste pas un seul fruit à l'arbre. Si ce n'était que moi, mon Dieu, à mon âge on n'a ni coquetterie ni grand appétit ; mais mon dénuement n'est pas flatteur pour mon fils, qui, je puis vous le confier, caressait un joli projet de mariage.

Je m'inclinai.

— Misère de Dieu ! continua M. Quinqueton, j'ai eu la bouche amère quand il m'a fallu avouer au père de la jeune fille que mes propriétés du Saumurois ne pèseraient pas sur mes dispositions testamentaires le poids d'un de mes cheveux blancs... Entre nous, on peut confesser sa faiblesse : j'aurais eu moins de dépit à voir vendre, devant ma porte, ma paillasse et mon bois de lit.

On reconnaissait bien là le M. Quinqueton « faraud » qui n'avait pas remis le pied dans le Saumurois du jour où il eût été exposé à rencontrer un créancier.

— Notez, dit-il, qu'aucune parole n'avait encore été prononcée qui pût engager les deux familles : chacun a sa fierté... Oh ! oh ! c'est qu'il s'agit d'un contrat qui fera date dans l'étude du notaire! L'avenir glorieux de Prosper, voilà le coup de fouet que j'attendais pour oser la demande officielle. Eh bien ! mon cher monsieur, vous ne croirez pas que c'est ma fausse position, précisément, qui nous a fait tomber la poire dans la main ! Vous me direz que c'est donc qu'elle était mûre. Ah mais ! c'est qu'elle aurait aussi bien pu blettir sur la branche. — « Sacrédié, mon cher Quinqueton, » m'a dit le père de la jeune fille... Faut-il vous le nommer? Non. Je préfère vous laisser la surprise de le voir entrer ici, car nous l'attendons. C'est un homme carré en affaires et qui n'y va pas par quatre chemins. « Mon cher Quinqueton, » m'a dit monsieur... — Ah! le bout de la langue me démange... — « voici cinq ans et trois mois, pas plus, pas moins, que je sais l'état de votre fortune et que vous vous endettez pour subvenir aux besoins de votre garnement de fils. » Il le savait, monsieur!... « Je n'attendais que votre confidence, » m'a dit monsieur... mettons monsieur X... « pour vous parler à cœur ouvert. Comment ai-je appris vos petites misères? Par ma police, donc! Et pourquoi est-ce que j'ai lancé ma police à vos trousses? Tiens! à cause de l'intérêt que je vous porte, sacrédié! et à cause d'un certain sentiment qui unit nos enfants. » — « Oh! oh! lui ai-je fait, c'est donc vrai, Potu, vous y pensez donc?»... Tant pis! le nom m'a échappé! — « Si j'y pense! et vous, vieux gredin? » — « Oh! moi... Mais mes vignobles...? » — « Je donne cinq cent mille francs à ma fille, c'est-il assez pour deux personnes? » — « Bonté du ciel! » — « Ne me remerciez pas, » me dit Potu, « ma fille n'est pas taillée pour épouser un marquis »... Attrape ça, Prosper! « D'ailleurs, » dit-il, « je suis moi-même plus autoritaire qu'un sultan, et je veux me payer un gendre qui me tienne dans le creux de la main. »

— Pour cela, dit Prosper, il y aura lieu de prendre un peu exactement mes mesures !

— Qu'est-ce que vous dites de tout cela ? me demanda M. Quinqueton.

Je ne disais rien de tout cela.

— Oh ! oh ! fit Prosper, si vous croyez, papa, que Francis va s'emballer !...

M. Quinqueton reprit :

— Que Potu vienne pour la première fois faire allusion à un mariage entre nos enfants le jour où je lui annonce mon infortune, ça, c'est le fait d'un gentilhomme. Mais que ceci se produise dans la semaine même où Prosper nous arrive de Paris avec une situation qui lui permet de demander, pour la première fois et le front haut, la main d'une héritière, voilà ce que j'appelle une rencontre providentielle.

Mme Pacaud ouvrit la porte précipitamment et nous lança :

— Voilà M. Potu !

Elle avait la figure épanouie, arrondie en galette; elle avait du nom de M. Potu plein la bouche.

M. Quinqueton et son fils firent tous les deux, de la main, ce geste qui semble ouvrir de l'espace devant un personnage important. D'instinct, je les imitai. A nous trois, nous étions la foule qui s'écarte devant les pas d'un potentat.

La physionomie de M. Potu contrastait singulièrement avec celle que venait de m'évoquer le juge de paix ; ou, du moins, si elle était d'un homme, à n'en pas douter, « carré en affaires, » c'était un de ses angles tranchants qu'il poussait brutalement dans le bel espace élargi devant lui par nos bras accueillants, par le retrait de nos corps, par nos bouches en cœur.

— Bonjour, Potu !

— Bonjour, monsieur Potu !

— Bonjour.

A sa façon de dire « bonjour », on connaissait que cet homme avait des chiens, qu'il montait à cheval et qu'il aimait, le matin, faire le tour de ses communs, la cravache à la main, en se fouettant les mollets. Je jugeai décent de me retirer. On me présenta ; il ne me reconnut pas.

— Charmé, monsieur, dit-il. Vous n'êtes pas de trop. Je regrette de ne pouvoir dire sur la place publique ce que j'ai à dire.

Il n'accepta point de siège. Il se promena pesamment dans la pièce. Il avait le menton rasé, le teint d'un fruit superbe qui garde, sous la peau, des rayons de soleil, les moustaches jaunies du fumeur, des favoris d'un blanc immaculé, un ventre bedonnant sur des jarrets d'acier.

Il se tourna soudain vers Prosper et dit :

— Mais vous êtes fou, mon garçon !

Les Quinqueton s'affaissèrent. Une demi-minute s'écoula. M. Potu dit :

— Sacrédié !

Puis on sentit qu'il allait parler ; mais il préférait encore recourir à son juron, qu'il répéta avec des intonations énergiques signifiant sa colère et le regret qu'il avait de ce qui arrivait.

— Sacrédié de sacrédié de sacrédié !...

C'était le mot qui ouvrait l'écluse ; le flot s'épancha.

M. Potu croisa les bras et s'adressa à Prosper :

— Alors, vous êtes sérieusement journaliste ?

Prosper tomba des nues, se releva, eut une étincelle de révolte, voulut parler. On le coupa.

— Et vous étalez votre photographie sur les murs, comme un barnum, un cabotin, une chanteuse de beuglant ?... Et vous croyez que ça nous amuse, et que ça nous honore, hein ? et vous venez nous coller ça en face de ma grille, de façon que je ne puisse ni entrer ni sortir de chez moi sans me heurter à ces vingt faces patibulaires dont le tiers pour le moins a passé devant le jury sous l'inculpation d'attentat aux mœurs ! Et vous allez nous servir tous les quinze jours une tartine comme celle que j'ai lue avant-hier dans un journal qu'un aboyeur m'a mis de force dans la main, où vous refaites le plan de l'Europe et celui de la société, où vous traitez de Dieu, du Pape, de l'Enfant, de la Femme, du Capital et du Salariat, avec l'assurance d'un pilier de taverne et l'ignorance de mon garçon d'écurie ! Et vous êtes payé pour ça !

— Mais, monsieur !... fit Prosper.

— Vous voudriez bien me le faire croire !

— Je le prouverai.

— Taisez-vous ! Vous vous perdez corps et biens. Est-ce que vous me prenez pour un jobard ? Est-ce que vous vous imaginez que j'ai doublé la fortune de mon père en donnant dans les panneaux ? Est-ce que vous croyez que je m'appelle Potu pour le plaisir de me laisser tirer en bouteille ?... Est-ce que vous croyez que je m'intéresse à vous dans l'espoir de vous voir réussir dans le journalisme ? Ah ! la bonne farce ! Oh oh ! si vous aviez su vous en rendre capable !... Vous ne pouvez pas réussir dans le journalisme, parce que là comme ailleurs, et quoi qu'on dise, une certaine capacité est nécessaire. Qu'avez-vous fait pour vous préparer à parler au public, à le diriger, à l'instruire ? N'essayez pas de me donner le change : vous n'avez rien fait, rien. Mais, mon fiston, un maître d'école en sait plus que vous ; et il ne fait la classe qu'à des marmots. Vous n'avez pas ouvert un livre ; vous n'avez pas cherché à fréquenter des hommes de valeur ; vous n'avez pas tenté un effort pour réfléchir... Taisez-vous ! Je vous connais, peut-être ! Vous êtes un âne bâté, un âne. Qu'est-ce que vous avez fait ? Vous avez attendu qu'il se trouve quelque part une place vacante. Qu'est-ce que je dis ? Vous l'avez achetée, cette place, à beaux deniers comptants, les derniers de votre malheureux père. Vous l'avez payée le prix d'une charge de greffier de la justice de paix ! Voilà de quoi vous vous enorgueillissez ! Voilà de quoi vous faites part aux trente-six mille communes de France en affichant vos traits sur nos murailles ! Sabre de bois ! Autrefois on publiait le nom des hommes célèbres ; aujourd'hui, on se rend célèbre en publiant son portrait. Sacrédié de sacrédié de sacrédié !

Le pauvre M. Quinqueton, sous les coups inopinés du tonnerre, tantôt tendait le dos ou bien était redressé par une dernière goutte de sève orgueilleuse. Ni lui ni son fils ne pouvaient parler dans les trop courts intervalles des éclats de la foudre. Prosper était écorché dans sa vanité, écartelé par l'envie de sauter à la gorge de M. Potu et par le désir, ancien comme une habitude, d'être un jour uni à Mlle Potu.

— Imbécile ! reprit M. Potu, vous ne pouviez pas continuer à ronger vos feuilles de chou sans faire de bruit ? Mais votre situation était excellente, mon garçon ! On vous passait la littérature : d'abord personne ne sait ce que c'est; et ça vous donne du luisant près des dames! Enfin, ça n'est pas compromettant!...

— Mais, manger, monsieur! parvint à faire entendre Prosper.

— Vous ne mangiez donc pas? Ha! ha! mon pauvre Quinqueton! ce n'est pas moi qui le lui fais dire : il ne mangeait pas! Et c'est pour lui permettre pendant dix ans de ne pas manger que vous avez mis au clou vos propriétés du Saumurois! Aidez donc vos enfants! Mieux vaudrait, mon brave ami, leur couper les vivres à quinze ans. Voilà un dadais qui ne fichait rien, parce qu'il comptait sur son père; voilà un bonhomme qui se ruinait en escomptant l'avenir de son fils! Sacrédié de sacrédié!

— Potu! soupira le juge de paix, ratatiné dans son fauteuil, ne croyez pas...

— « Ne croyez pas! » Mais il y a beau temps que je sais tout ça!... Oh! oh! ce n'est pas à moi, Potu, que l'on fera prendre des vessies pour des lanternes! Puisque je vous dis que la situation était excellente!... Eh! pardieu! j'étais là. J'avais tout prévu. Ça me faisait plaisir, à moi, de voir se réaliser mes pronostics. Je vous regardais vous enfoncer en buvant de l'eau; je guettais le moment où vous toucheriez la vase. Alors, un coup de filet; hop! Ma fille était de connivence : à nous deux, nous opérions le sauvetage. Bonne action.

J'ai de la fortune et j'aime à en user. Sacristi ! que tout allait bien ! Nous avions quasiment pris date. Pan ! Qu'est-ce qui arrive ? Ce cornichon-là qui, avant de sombrer, s'avise de nous jeter pour dix mille francs de poudre aux yeux ! Ah ! mais ! c'est que je n'y vois plus goutte ! Tirez-vous de là-dedans, mon bonhomme, comme vous pourrez. Je me jette bien à la nage pour pêcher un malandrin qui est en train de se noyer discrètement, proprement ; mais je ne sors pas de chez moi pour voir un acrobate qui pique une tête de la hauteur du clocher au beau milieu de la rivière, au roulement du tambour, devant les populations assemblées !

— Je ne vous demande pas la charité, dit Prosper ; ni mon père ni moi ne vous avons tendu la main.

— Morveux ! je vous empoigne par la peau du dos comme un chien de cinq jours, aveugle, qu'on a flanqué dans le canal, et vous criez !...

— La plaisanterie n'est pas de mise. Vous prétendez m'exécuter aux yeux de mon père, et chez nous ; c'est une violation de domicile, un assassinat moral !

— A quinzaine la chronique, Tristan de Mélisande !...

— J'appartiens à la presse, au public ! Je ne souffrirai pas !...

Voici la vanité qui remontait à l'épiderme de Prosper. Je jugeai que, pour plastronner devant moi, il était fort capable de compromettre son avenir et celui de son père. Soustrait aux regards de la galerie, un homme a plus le souci de sa conservation. Je me retirai dans la cuisine, où je trouvai Mme Pacaud, qui m'accueillit d'une manière maussade :

— C'est de votre faute, aussi ! me dit-elle.

— S'il vous plaît ?

— Vous voyez tout en noir !... Je m'en suis bien aperçue, dans le Saumurois. Un coup que je vous ai vu entrer ici, je me suis dit : « Tout va se gâter. »

— Oserai-je rappeler à votre bonne mémoire, madame Pacaud, les raisons qui décidèrent mon voyage à Vendôme, et qui ne sont pas de pur agrément?

— Je n'ai pas la malhonnêteté de vous reprocher d'être venu à Vendôme ; mais n'empêche qu'avant que vous ayez été vous installer là-bas tout ras les propriétés de monsieur, on a vécu ici tranquille comme Baptiste...

— Eh ! grand Dieu ! insinueriez-vous, madame Pacaud, que j'ai le mauvais œil ?

— Il y en a qui l'ont sans qu'on s'en doute.

J'allai prendre l'air dans le petit jardin. Presque rien n'y était changé. Le cours d'eau qui avait porté nos bateaux sortait de sa voûte obscure en brisant contre le grillage des brindilles de paille. Le poirier avait disparu, mais le banc de bois était là. Je m'y assis et regardai l'eau. Quel miroir pour trente ans écoulés !

« Seringapatam !... » J'entends encore Prosper époumoné, piétinant, transpirant, et hurlant ce nom sonore, tandis que Mme Pacaud vient lui éponger le front, tandis que son père, secrètement ébloui, descend le pas de son cabinet, et tandis que je suis à décharger prosaïquement mes bateaux au bout du jardin ; et M. Quinqueton et Mme Pacaud ne croyaient-ils pas qu'effectivement Prosper revenait du bout du monde ? Quant à Prosper lui-même, il n'en doutait pas, et sa fatigue, pour lui, égalait l'évidence. Serait-ce donc, par hasard, une force réelle que cette étrange faculté de produire indéfiniment l'illusion ? Ah ! cependant, M. Potu regimbait : M. Potu refusait de monter dans les petits bateaux pour Seringapatam !...

La porte du cabinet de M. Quinqueton fut ouverte et Prosper vint à moi. Je lui dis :

— Je prends une part bien amicale, crois-moi, au contretemps...

Prosper sourit, se contentant de hausser une épaule.

— Je t'avais dit à Paris, Prosper : « Le père Potu m'a l'air d'un bonhomme qui ne s'en laisse pas conter. »

— Qu'il ne s'en laisse pas conter, quand en effet on lui en conte, soit; mais lorsque la réalité sera là, il faudra bien qu'il la touche.

— Après ce qu'il t'a dit, tu espérerais ?...

— Je n'espère pas : je suis certain. Quelle tête tu as, mon bon Francis !

J'allai prendre congé de M. Quinqueton. Quatre mots de son fils avaient suffi à panser les contusions reçues au cours de l'algarade Potu. M. Quinqueton dirigeait son regard vers le vaste ciel de l'espérance. Barbiche à part et cheveux blonds, il ressemblait étonnamment au portrait du poète inspiré, jadis enclos dans le placard aux confitures. Nous devisâmes un petit quart d'heure. Quant à lui parler de ses affaires du Saumurois, ce pourquoi j'étais venu, la seule pensée, triste et mesquine, m'en parut ridicule, tant elle était en désaccord avec la grandeur des projets que roulaient ici les cervelles.

Mme Pacaud, rassérénée aussi, me souhaita bon voyage en passant. Et, d'un œil malin et satisfait :

— Vous voyez bien ! dit-elle.

Prosper vint me reconduire à la gare. Au bas de mon compartiment, la main au gousset, il bredouilla :

— Je ne te rembourse pas aujourd'hui, bien entendu. Parti de Paris... argent de poche... n'est-ce pas ?

— Ne parlons pas de cela !...

— Et s'il vous prend la fantaisie, à ta femme ou à toi, d'avoir des places de théâtre, n'allez pas vous gêner, au moins !...

— C'est moi qui serai ton obligé, Prosper.

* * *

Depuis lors je n'ai plus cherché à revoir les Quinqueton : qu'eussé-je pu apprendre sur eux de nouveau ?

GRENOUILLEAU

— J'ai déjà composé mon menu, dit Mme Bullion, pour le déjeuner que les Peaussier nous ont fait l'honneur d'accepter...

— Prends l'habitude, dit M. Bullion, de dire « le comte et la comtesse Peaussier », principalement devant les domestiques, qui ne doivent pas manquer de leur fournir leur titre.

— J'aurai de la peine à m'y habituer ; j'ai toujours dit « les Peaussier » ; toi-même as toujours dit « Peaussier » en parlant de ton ancien camarade...

— Donnons du comte aux Peaussier ! La République fait bien la gentille avec les monarchies ! Cela ne l'empêche pas d'être radicale intérieurement, et même quelque chose de plus... Donnons du comte aux Peaussier, d'autant plus que je réserve à leur vanité un plat de ma façon, et que, entre parenthèses, je te prie d'ajouter à ton menu !...

— Une bouillabaisse, je suis sûre ?...

— Non ! je les fais déjeuner côte à côte avec le fils d'un de mes ouvriers, d'un simple petit ouvrier : Grenouilleau !

— Quelle singulière idée !

— C'est mon idée. Je paye le voyage du Midi au jeune Grenouilleau. Je pouvais inviter tel et tel freluquet de notre connaissance utile au polo, au tennis ou au bridge : j'invite Grenouilleau. Je pouvais, comme les Peaussier, m'orner le front d'une couronne de papier pour pénétrer dans une classe de la société qui n'est pas la mienne et qui se fût moquée de moi ; je tends, moi, loyalement, la main à une classe dite inférieure...

— Et qui se moquera de toi comme si elle était supérieure !

— Est-ce là toute l'objection que tu as à me présenter ?

— Mon Dieu, oui... Ce que tu veux faire là n'est pas une mauvaise action... Je n'en vois pas la nécessité absolue ; mais, en toutes vos idées, messieurs, je le sais, il faut tenir compte de l'exagération. En tout cas, je te conseille de ne pas mettre d'ostentation dans l'hospitalité que tu offres à ce Grenouilleau... car quelque chose me dit que si tu fais déjeuner Grenouilleau avec les Peaussier, c'est plus pour les Peaussier que pour Grenouilleau que tu le fais...

* * *

Grenouilleau arriva à la villa Bullion le samedi saint au matin, ayant passé vingt-quatre heures dans son compartiment de seconde classe, y compris le trajet de Corbeil à Paris. M. Bullion se fit conduire à la gare, au-devant du jeune homme, en automobile. Par hasard, Grenouilleau connaissait le mécanicien, Pfister, et il dit au « patron », qui le poussait à l'intérieur :

— Si ça ne vous fait rien, m'sieu Bullion, j'vas monter à côté de Pfister... C'est un bon coup, ça, par exemple, de tomber en plein pays de connaissance !...

— Ah ?... bon !... très bien, mon garçon. Si je t'ai fait venir, c'est pour que tu sois à ton aise...

— Vous tourmentez pas, m'sieu Bullion !

Et Grenouilleau d'entamer la conversation avec Pfister, qui répond par monosyllabes, sans broncher la tête, attentif à sa direction. M. Bullion, condescendant, n'ose interrompre l'exubérance du voyageur, muet sans doute depuis Corbeil. Cependant, de l'intérieur, il lui frappe sur l'épaule :

— Pas fatigué, Grenouilleau ?... trajet un peu longuet ?...

Grenouilleau fait signe qu'il n'est pas fatigué ; et il dit au mécanicien :

— Oh ! ce que j'ai dormi, mon colon !... Jamais de ma vie je n'ai tant dormi.

A la villa, tandis que Grenouilleau est conduit à sa chambre, Mme Bullion demande à son mari :

— Eh bien ! que dit-il, Grenouilleau ?...

— Grenouilleau ?... ce qu'il dit ?... Ah !... il connaît Pfister.

— As-tu averti ce jeune homme que nous partions, aussitôt après le déjeuner, en excursion ? Il ne faut pas qu'il se croie obligé de faire toilette !...

— Sois tranquille, son bagage tient dans son mouchoir.

Cependant, Grenouilleau semblait être long à sa toilette ; on l'attendait pour servir ; on envoya frapper à sa porte ; on n'obtint pas de réponse ; on le cherchait dans la maison : ne s'y était-il pas égaré ? Mais non ! Grenouilleau était descendu au garage, et il en racontait, en racontait, à son ami Pfister ! Il fallut l'arracher de là :

— Vous n'avez donc pas faim, mon brave ami ?

— Si fait ! madame Bullion, si fait ! Il y a bien douze heures que je n'ai pas mangé !

Il mangea tant, en effet, que ce fut un plaisir pour M. et Mme Bullion de voir ce garçon se remettre si allègrement d'un long voyage. On comprenait très bien qu'il parlât peu, car il avait sans cesse la bouche pleine.

On partit en automobile. Cette fois, M. Bullion conduisait lui-même, et le mécanicien était assis à côté de lui sur le siège ; Grenouilleau fut à l'intérieur avec Mme Bullion qui le comblait de prévenances et l'interrogeait sur sa famille, son passé, son avenir. Elle dit d'abord « *Madame* votre mère » ; puis, par un retour soudain à une plus exacte mesure des valeurs, elle se reprit et dit : « votre mère ». Elle disait à ce pauvre Grenouilleau : « vos études » ! Elle s'informait de la date de « la première communion » ; elle touchait à tous les points de repère importants dans la famille bourgeoise, et peu s'en fallut qu'elle ne parlât « des alliances ». Le pauvre Grenouilleau bâillait entre des réponses ambiguës à des questions qui l'effaraient un peu, et, parmi ces réponses, un mot souvent répété apprenait à Mme Bullion que, dans sa famille à lui, les dates qui comptaient surtout étaient celles qui correspondaient aux périodes où l'on était entré dans la « purée » et à celles où l'on en était sorti. Mais que le pauvre Grenouilleau bâillait donc ! Et l'excellente Mme Bullion de lui faire observer : « Jeune homme, vous avez eu tort de rester douze heures sans rien prendre... » Et elle ajoutait, comme pour elle-même, par une longue habitude de dorlotements, de petits soins : « M. Bullion et moi ne voyageons jamais sans emporter quelques biscuits ou du chocolat... », ce qui, par exemple, amena le sourire sur les lèvres de Grenouilleau.

On avait fait une première halte à la Promenade des Anglais, et M. Bullion, sous un palmier poudreux, désignant Grenouilleau, confiait à ses amis :

— Un pauvre petit gars qui n'est pas sorti de la cuisse de Jupiter, je vous prie de le croire ! à qui je paye le voyage du Midi...

Et il leur glissait à l'oreille :

— Le fils d'un ouvrier, d'un simple petit ouvrier...

— Ah ! ah ! faisait-on, vous voici dans un beau pays, mon gaillard ?...

— Un beau pays, oui, m'sieu...

Et Grenouilleau, anxieux, semblait attendre, regardant peu le pays, reluquant toute voiture au passage.

On lui disait : « Ah ! de la poussière, par exemple ! » Et Grenouilleau, que la poussière ne gênait pas, avouait : « Je cherche de l'œil si, des fois, je ne connaîtrais pas quelqu'un. »

— Mais vous êtes en bonne compagnie, j'imagine ?...

— Pour ça, je ne dis pas non !... faisait Grenouilleau en riant d'une oreille à l'autre.

Et l'excursion en automobile continua jusqu'à Cannes, où Mme Bullion avait une ou deux visites à faire. Mais, cette fois, dans la voiture, Grenouilleau dormit innocemment, sans vergogne, et à fond, comme un petit enfant. On n'osa seulement pas le réveiller pour lui montrer la Croisette. M. et Mme Bullion allèrent à leurs devoirs et dirent au mécanicien : « S'il s'éveille, menez-le visiter la rue d'Antibes et le port ; nous irons à pied vous rejoindre là. ».

Ils vinrent, en effet, à pied, les rejoindre là, une bonne heure après, environ, et trouvèrent la voiture devant un débit de vins où Grenouilleau et Pfister buvaient à la santé du mécanicien d'une famille anglaise, un nommé Robiot, dont Mme Bullion entendit parler, pendant le trajet du retour, à en bâiller elle-même, à son tour, à en dormir aussi, à la fin.

— Eh bien, mon garçon, demanda-t-on à Grenouilleau, au dîner, êtes-vous satisfait de votre première journée dans le Midi ?

Grenouilleau était enchanté. Il avait même déjà écrit à son père : qu'est-ce qu'il dirait, le pauvre vieux, quand il allait savoir que ce « sacré Robiot » était là, gros, gras, à se prélasser en baladant des « Engliches » !

Et M. Bullion, lui aussi, connut l'histoire de ce « sacré Robiot » qui, à lui seul, semblait valoir tout l'azur de la Méditerranée.

Grenouilleau monta se coucher de bonne heure ; il avait fait tantôt, pourtant, un fameux somme ! Mme Bullion dit à son mari que c'est une manie bien bizarre de faire ainsi voyager le prolétaire. « Il mange, il boit, il dort, il veut à toute force rencontrer ses pareils et ne profite point de son déplacement. »

En quoi Mme Bullion se trompait fort.

Grenouilleau se couchait tôt, mais il se leva de bonne heure. A neuf heures du matin, quand ses hôtes en étaient encore à prendre leur petit déjeuner, Grenouilleau remontait à la villa, revenant de la ville, qu'il arpentait depuis l'aube, et il en avait vu tous les méandres, tous les coins : les marchés, les monuments, les promenades, les points de vue, et jusqu'à des curiosités que les Bullion eux-mêmes et toute la classe riche ou aisée qui vient à Nice, chaque année, ignore. Il avait causé avec les maraîchers, les bouchers, les marchands de poisson, les matelots du port, les fleuristes, les conducteurs de tramways et les pauvres. Grenouilleau s'intéressait à tout, à condition qu'on le laissât faire à sa guise, à son heure, en compagnie des siens : le matin appartient au peuple. Et il en rapportait une moisson de connaissances sur le Midi qu'il confiait à son ami Pfister en le regardant faire son automobile, et dont profita et s'émerveilla M. Bullion, un moment, en passant par là pour donner des ordres.

— Ah ! ah ! dit à sa femme M. Bullion, en se frottant les mains, je le savais bien que ce « populo » n'est pas si bête, et qu'en plus d'une occasion même il nous en peut remontrer ! Ce gavroche, arrivé d'hier, et qui ne sait que dormir, dites-vous, pour peu que je réussisse à le faire parler au déjeuner, va en donner à rabattre au comte et à la comtesse Peaussier. C'est très curieux, très curieux, ce que ce garçon racontait à Pfister ; nous ne nous levons pas si matin, nous autres ; nous n'interrogeons pas directement les gens, nous ne savons rien que de seconde main... Je ferai raconter à Grenouilleau toute cette vie matinale d'une grande ville, et ses impressions naïves, qui sont si justes, avec des expressions... non pas académiques — tant pis ! — mais de poète, oui, de poète, ma parole d'honneur !... Et je leur dirai, au comte et à la comtesse Peaussier : « C'est un pauvre petit gars, le fils d'un ouvrier, d'un simple ouvrier... »

A une heure moins le quart, le comte et la comtesse Peaussier arrivèrent dans une victoria bien attelée et d'une élégante simplicité. C'étaient, d'ailleurs, des gens fort bien. D'autres personnes étaient là déjà, et, quoiqu'on n'eût point encore vu Grenouilleau, M. Bullion leur annonça qu'il leur réservait une surprise. On attendit la surprise. Elle ne se présentait point. M. Bullion dit un mot à l'oreille d'un domestique. Le domestique revint et dit un mot à l'oreille de son maître. M. Bullion commanda d'attendre. Mme Bullion, plus avisée et qui s'impatientait, commanda qu'on allât voir aux écuries, au garage. L'anxiété des convives augmenta : quelle surprise pouvait venir du garage ou des écuries ? On hasardait cent hypothèses ; enfin, l'on s'énervait un peu. M. Bullion leur dit alors :

— Voilà : j'aurai l'honneur de vous faire déjeuner avec un pauvre petit gars qui n'est pas sorti de la cuisse de Jupiter, le fils d'un ouvrier, d'un simple petit ouvrier...

— Bravo ! .. bravo !...

La surprise fut accueillie à merveille ; et l'on parla, en attendant Grenouilleau, de l'opportunité, voire de la nécessité, de se mêler aux gens du peuple, et l'on félicita chaleureusement M. Bullion de son intéressante initiative. Mais l'enfant du peuple, à qui une société aussi élégante réservait un si gracieux accueil, ne se montrait toujours pas. On décida de se mettre à table. M. Bullion était agité, mécontent.

A peine assis, et dans le premier silence, il fit signe au maître d'hôtel et l'interrogea péremptoirement. Les convives, malgré eux, étaient suspendus à la moindre parole pouvant éclaircir le mystère, et l'on entendit distinctement la réponse du maître d'hôtel :

— M. Grenouilleau est bien là, mais M. Grenouilleau a dit qu'il préférait manger à la cuisine.

CE BON MONSIEUR...

Nous avons enterré aujourd'hui ce bon M. Ménétrier, par un petit temps gris et doux, pareil à sa vie même. Sa disparition ne fera pas de bruit : sa présence en ce monde n'a eu à peu près aucune importance. Il a vécu de modestes rentes ; il cultivait autrefois son jardin ; il avait une excellente santé ; il ne fut, à la vérité, ni bon ni mauvais pour sa famille et pour son entourage, étant de naissance indifférent, négligent, et, disons-le, égoïste, mais sans excès. Je ne crois pas qu'il estima jamais rien au-dessus du plaisir qu'il éprouvait à jouer aux cartes.

On le voyait si heureux, lorsqu'il tenait les cartes à la main, qu'autour de lui chacun s'épanouissait, par contagion ; et on lui sut gré bien plus d'avoir fait, sa vie durant, cette figure-là, que s'il eût été effectivement un homme de bien. Tout le monde l'appelait : ce *bon* M. Ménétrier.

Mais la fortune des petits bourgeois oisifs ayant subi quelques assauts vers la fin du siècle, M. Ménétrier ne sut pas défendre la sienne et la perdit. Ces dernières années, ses enfants se cotisaient à grand'peine pour lui payer une pension de douze cents francs, à Saumur, dans une maison de retraite tenue par des religieuses.

Pour l'aller voir, vous tiriez, à la porte-cochère, un pied-de-biche au poil gras, suspendu à une chaînette, et mettant en branle une cloche lointaine qui tintait pendant une demi-minute. Une petite porte s'ouvrait dans la grande ; vous entriez, et, avant d'avoir aperçu un être humain, étiez frappé par la propreté d'un bout de jardin. Après quoi paraissait un domestique mâle, sans âge, formé et usé au service de la vieillesse et du culte, qui soulevait une calotte noire, huileuse, et, en vous adressant la parole, vous regardait à l'endroit des genoux.

— Ah ! ces messieurs et dames demandent M. Ménétrier... Attendez donc ! Voyons un peu voir s'il n'est pas sorti...

Il consultait une planchette percée de trous, où, sous le nom de chaque pensionnaire, une cheville de bois était enfoncée pour indiquer la présence à la maison, ou bien pendait, dans le cas contraire, au bout d'un fil.

M. Ménétrier ne sortait guère que pour aller entendre la musique militaire, le jeudi, et le dimanche si, par hasard, il esquivait les vêpres. Chez lui, il jouait aux cartes. On l'y trouvait installé, les coudes au tapis de drap, les mains battant des cartes un peu rebelles.

A défaut de partenaire, il faisait, à lui seul, des réussites. La réussite était un pis-aller, mais ne procurait point à M. Ménétrier tout son contentement, et les bonnes Sœurs, la tête penchée de côté, vous confiaient que c'était bien dommage.

— Il est si bon! disaient-elles.

Elles aussi le trouvaient bon, quand il éprouvait du plaisir. Aussi, s'employaient-elles de tout leur cœur à trouver des partenaires à M. Ménétrier. Ce n'était pas toujours facile. Il n'y eut, toute une époque, à la pension, qu'un vieux podagre si incapable qu'il ne fallait pas songer à l'utiliser. Les autres pensionnaires étaient des dames; or, aucune d'elles ne jugeait décent de s'enfermer avec un monsieur, fût-il septuagénaire, et fût-ce pour jouer aux cartes. Ah! je connus M. Ménétrier bien à plaindre : il ne faisait pas quatre bésigues par semaine! Les Sœurs prétendaient qu'il allait s'en laisser mourir. Sœur Apolline, préposée à son service, soupirait, du creux de sa cornette :

— Oh!... s'il ne nous était pas défendu, à nous, de jouer aux cartes!...

On dénicha une pauvre femme de la ville, besogneuse, qui, pour vingt sous, de trois à six, mais non pas tous les jours, consentit à faire le bésigue de ce bon M. Ménétrier. A cet effet, la famille dut augmenter de dix francs par mois la petite rente du vieux papa.

Cependant ces dames essayaient de dériver l'esprit de M. Ménétrier. Le bonhomme se prêtait à ce qu'on voulait, allait à la messe, au sermon, au triduum, à la neuvaine et suivait les retraites ; mais il scandalisait Sœur Apolline, à l'issue de ces exercices, en lui affirmant que tout cela n'était pour lui que maigre chère et ne le nourrissait pas.

Un beau jour, la famille fut avisée qu'un ancien magistrat venait d'entrer à la pension, qui avait les mêmes goûts que ce bon M. Ménétrier. Que l'on ne s'inquiétât donc plus ! le vieux papa aurait désormais son bésigue quotidien, et sans bourse délier, en compagnie d'un galant homme aimant le jeu pour lui-même. Là-dessus la famille se disposait à retenir le petit supplément mensuel de dix francs ; mais le vieux papa écrivit une lettre émue et émouvante. Il y peignait le sort déplorable de la personne infortunée qui, moyennant salaire, l'avait tiré pendant huit mois de l'ennui mortel : arracher, du moins si brusquement, à la pauvresse l'espoir d'un subside sans doute escompté serait peut-être un acte inhumain... On continua l'envoi du subside mensuel. Ce bon M. Ménétrier eut deux partenaires au lieu d'un. Ses dernières années se présentaient souriantes ; on pouvait croire qu'elles seraient nombreuses.

Cependant un télégramme alarmant prévenait l'autre jour ses amis. La supérieure, que j'attendis sous le porche, arriva par un long corridor dallé et frais, où ses pas mesurés faisaient crépiter un semis de sable. Elle dit :

— Dieu a pris l'âme du juste... Si vous voulez venir jusqu'à la chapelle ardente, vous aurez la consolation de remarquer que ce bon monsieur a l'air d'un saint...

Je la suivis. Elle continua, sur le même ton :

— Chaque dimanche, ce bon monsieur mangeait sa petite douzaine d'huîtres ; en portant quasi la dernière à sa bouche, il a eu un hoquet... Sœur Apolline l'a trouvé le nez sur la table.

Ce bon M. Ménétrier était couché sur son lit, la chair un peu flapie, mais la bouche encore heureuse. On lui avait posé sur la poitrine un crucifix qui semblait un bien grave objet pour lui. De vieilles dames priaient. En me reconnaissant, Sœur Apolline me désigna des yeux le cadavre, et sanglota. Je m'agenouillai sur un prie-Dieu. Au bout de quelques minutes, je me sentis frôlé par quelqu'un de larmoyant, et je vis une longue femme, le nez dans son mouchoir, qui me tendait un petit paquet où il était écrit : « Une pauvre mère de trois enfants, qui a de la reconnaissance à M. Ménétrier, sollicite de la famille la faveur de conserver ces deux jeux complets en souvenir. » Sœur Apolline se leva et me dit : « C'est la personne qui venait de temps en temps pour le jeu de ce bon monsieur... » Puis, elle me présenta le magistrat. Elle poussait de gros soupirs et sanglotait toujours ; elle bégayait en s'adressant à moi :

— Oh ! monsieur ! oh ! monsieur !

— Je sais, lui dis-je, que vous avez soigné le pauvre défunt comme un ange...

Mais elle ne voulait point de remerciements, et elle soupirait de plus belle.

— Oh ! monsieur ! fit-elle tout à coup et à voix haute, il faut que je le dise à quelqu'un !... Oui, je m'en confesse publiquement !... Il était si bon ! il était si bon !...

On commençait à s'émouvoir. Ah ! mais, ah ! mais, que s'était-il passé entre Sœur Apolline et feu M. Ménétrier ?... Elle confessa son crime :

— Je lui faisais sa partie de bésigue en cachette !

En vérité, M. Ménétrier, qui fut toujours heureux, fut gâté dans ses derniers jours ! Il jouait aux cartes le matin, il jouait le tantôt, il jouait le soir, avec la salariée, avec le magistrat, avec Sœur Apolline !... Et son innocente passion lui tenait lieu de vertus. On l'admirait et on l'aimait pour la faculté qu'il avait d'être heureux. On disait derrière son convoi : « Ce bon monsieur !... ce bon monsieur !... » Et le souvenir de sa figure épanouie tirait les larmes.

LE
GARDIEN DE CHANTIERS

Chaque soir, quand la nuit tombait, avant de me décider à allumer la lampe, je n'avais qu'à mettre le nez à la fenêtre : j'étais sûr de voir poindre, dans la direction de la rue du Bouquet-d'Auteuil, le vieux gardien de chantiers et son chien. Il ne passe presque personne dans cette petite rue, et ce vieux bonhomme et son chien, réguliers comme la marche du jour, avançant doucement avec l'ombre dans la ruelle silencieuse, étaient devenus pour moi comme une personnification du soir qui vient à pas de loup, on ne sait pas d'où.

Je savais bien où ils allaient. A trente mètres au-delà de chez moi, un immeuble était en construction. Le gardien arrive au moment où les ouvriers vont quitter le chantier ; c'est lui qui pose sur la palissade la porte mobile, facile à enlever d'un coup d'épaule, mais qui constitue, en vertu d'une fiction, l'inviolable clôture et communique à toute tentative d'ouverture par le dehors la qualité d'effraction. Le gardien est muni d'un revolver, et il doit posséder un chien capable d'avertir d'une tentative d'escalade et de la réprimer : dans les limites du domaine confié à leur vigilance, les gardiens de chantiers exercent les droits d'un propriétaire. Ce sont de pauvres bougres généralement incapables de travail et à qui des certificats de bonne vie et mœurs ont procuré l'avantage de passer les nuits à la fraîcheur des moellons et des plâtres, moyennant une rétribution de trois francs.

La construction avait commencé à l'automne; les jours étant assez longs encore, je voyais mon bonhomme assis derrière sa palissade à claire-voie, à côté de son fidèle chien; et aussi longtemps qu'une lueur crépusculaire tombait du ciel, il lisait attentivement des paperasses imprimées. J'avais envie de faire sa connaissance. Un soir, en flânant, je me permis d'interrompre sa lecture :

— Eh bien, mes compliments !... vous avez de bons yeux...

Le chien bondit, hérissa son échine et m'assourdit de ses aboiements. C'était un grand braque à poil roux, jeune, un assez beau chien; son maître l'apaisa en lui prodiguant, avec douceur et même avec une tendresse touchante, le nom de « Baladin ». Je répétai, moi aussi : « Baladin !... Allons, tout beau, Baladin ! »

— Ah! ah! dis-je au bonhomme, il s'appelle Baladin ?

Le vieux parut me savoir gré de lui parler de son compagnon. Dans ce premier entretien, il ne fut question que de Baladin. Un chien de deux ans et demi, de bonne garde, — j'en avais bien la preuve ! — et « amical », avec cela, « friand », par exemple ! Il fallait l'avoir à l'œil en passant devant chez les restaurateurs. Il le tenait d'une fruitière de la rue Lepic qui l'allait noyer, encore aveugle, sur le pas de sa porte, dans un arrosoir. Il l'avait eu pour rien : la peine de le prendre en passant ; mais le lait que le bout de cabot lui avait coûté, pour remplacer la mère, c'était un prix ; il l'avait payé, son chien, en somme, disait-il, et, à cause de cela, il le sentait mieux à lui.

La seconde fois, ce fut à ce brave animal que je m'adressai tout d'abord :

— Ah ! ah ! bonsoir, Baladin !... Comment vas-tu, mon vieux Baladin ?

Et je dis au gardien :

— C'est un ami, n'est-ce pas ? Avec un bon chien, on est moins seul...

Le vieux abandonna lentement ses paperasses, qu'il lisait sans lunettes, et me dit :

— Sans lui, c'est sûr, la vie me serait moins gentille.

Je ne pus me retenir de sourire à cette épithète de « gentille » accolée à la vie d'un miséreux de soixante-dix ans réduit à veiller la nuit dans les plâtras. Mais il sortait de l'hôpital, où il avait bien cru laisser sa peau, et la lumière du jour et la « belle étoile », comme il disait, et qu'il devait, en effet, connaître, lui faisaient prendre tout en beau. Il avait redouté, en outre, d'être obligé d'aller garder un chantier à Saint-Denis, où les vols sont fréquents, où il avait dû faire feu, une nuit. « Ce n'est pas pour moi que je crains », disait-il ; et, regardant son chien avec amour : « Voilà de ça huit ans, ils m'en ont étranglé un, nommé Finaud. » Au contraire, il appréciait Passy, tranquille, son air « salubre » et son eau « excellente » ; depuis six semaines qu'il y passait les nuits, sa santé s'était rétablie.

— Et puis, vous habitez sans doute le voisinage ?

Non, non ! Il habitait Ménilmontant ; il faisait le trajet à pied, deux fois par jour, avec Baladin. La distance était pour lui peu de chose ; il s'agissait de partir à temps. « Il est vrai, ajoutait-il, qu'il y a la chaussure... Mais jusqu'ici, pour être juste, je n'en ai pas manqué. »

— Quand donc mangez-vous ? Je ne vous vois point faire votre petit fricot...

Il attendait pour cela que la nuit fût venue ; il allumait des « brindilles » qui l'éclairaient bien suffisamment en faisant chauffer sa soupe, mais il utilisait le jour, jusqu'à la dernière lueur, à la lecture. Il s'instruisait. Je lui avais vu entre les mains des journaux. Sa logeuse lui donnait *L'Humanité ;* une certaine comtesse, dont il avait gardé l'hôtel pendant qu'on l'édifiait, lui faisait remettre *La Croix* par son concierge ; les contradictions de ces feuilles lui échappaient totalement, semblait-il; il y cherchait des faits-divers et leur préférait de beaucoup les fascicules d'une publication sur l'astronomie. L'astronomie était son fait ; voilà un sujet qui lui plaisait. Il me dit, à propos de son astronomie, ces mots frappants : « Au moins, ça n'est pas mesquin, et puis ça invite l'homme à penser... » Il choisissait ses termes ; il avait, comme certaines gens du peuple, une coquetterie du beau langage. Pour le moment, les jours s'écourtaient ; il ne pouvait consacrer que peu de temps à sa lecture. J'avais remarqué qu'il avait une petite lampe :

— Par économie, me dit-il, je ne l'allume que le moins possible; d'ailleurs, il faut compter avec ces canailles de courants d'air...

Ce bon vieux me gagnait tout à fait. Pour n'avoir pas l'air ému, je lui adressai une question banale :

— Comment vous appelez-vous ?

— Loriot, Henri-Théodore-Auguste...

Et, selon l'habitude des pauvres, il porta aussitôt la main à la poche intérieure de sa veste, afin d'« exhiber ses papiers ». Je protestai : je ne demandais son nom que pour savoir comment l'appeler tant qu'il serait mon voisin ; mais il n'était pas homme à interrompre un geste commencé ; je dus lire.

— Tiens ! vous êtes médaillé militaire ?

Il secoua la tête :

— Oh ! oh !... Solferino, ça ne me rajeunit pas !

Pour me raconter son histoire, il donna le coup d'épaule à la porte mobile, car il n'était pas à l'aise pour me parler à travers la claire-voie, et il s'avança dans la rue encore obscure, jusque sous le quinquet allumé qui signalait le chantier. Il avait une figure assez fine, des cheveux blancs et drus, coupés ras, un œil intelligent, avec je ne sais quoi de jeune ou de timide qui me déconcertait un peu. Deux choses me gênaient en lui, qui n'en faisaient peut-être qu'une : ce regard, si vif pourtant, et qui, je ne sais pourquoi, me donnait l'idée d'une plante fraîche brisée par un grand coup de vent, et une obstination à me parler la tête découverte, avec une déférence hors de propos. J'avais remarqué aussi qu'il cirait les chaussures du maître compagnon et se montrait serviable aux maçons même. Le moindre goujat le traitait de haut. Cependant tout en lui marquait qu'il n'avait pas passé sa vie dans une situation inférieure.

En effet, il m'apprit qu'il avait eu de beaux jours : il avait été entrepreneur, concessionnaire de la Ville.

« C'était un temps, disait-il, où l'on ne brassait pas les affaires aussi en grand qu'aujourd'hui, mais où il y avait plus d'honneur dans les traités... » Un moment était venu où plus de « malice » était nécessaire; il confessait son défaut : il manquait de méfiance, il ne se tenait pas sur le « qui vive » ! On avait dû l'étriller ferme. Il disait tout à coup « mes malheurs » sans les spécifier davantage. « C'était un temps, disait-il encore, où l'on ne se relevait pas aussi effrontément qu'aujourd'hui... »

Son besoin de se confier était évident, mais il avait une peur de chien battu qu'on abusât de sa confidence. Bien des soirs, il me parla de « ses malheurs » avant de me confesser qu'il avait fait faillite. Et la sueur lui perlait au front, au moment où il prononça ce mot, et il regardait autour de nous comme un animal aux abois, comme s'il eût craint que Baladin lui-même n'allât aboyer le déshonneur de son maître.

Il avait une telle foi en la tare que certains mots comportent qu'il traînait depuis lors son existence comme un galérien marqué au fer ; il acceptait le mépris des hommes et trouvait que la vie était encore « gentille » de permettre à un failli non réhabilité de contempler, la nuit, les étoiles, et de faire deux fois par jour, et sans manquer de chaussures, le trajet de

Ménilmontant à Passy, en compagnie d'un chien « amical ».

* * *

Un soir d'hiver, le père Loriot, par extraordinaire, n'arriva pas à l'heure. De ma fenêtre, j'explorai la rue, et de droite et de gauche; l'apparition quotidienne de mon pauvre vieux et de son chien Baladin me manquait; les becs de gaz s'allumaient; les maçons quittaient le chantier; je vis le maître compagnon faire comme moi, les mains en lunette d'approche, dans la direction de la rue du Bouquet-d'Auteuil. La curiosité me prit, un peu d'inquiétude aussi, et je descendis dans la rue, simulant la flânerie, pour avoir le droit de dire au maître compagnon :

— Le gardien est en retard...

— Sacré vieux traînard ! dit le maître compagnon, en voilà un qui ne se soucie pas que je manque mon train des Moulineaux !...

— Ah ! osai-je observer, c'est qu'il ne prend pas le train, lui...

Le maître compagnon eut un sourire : il me jugeait « original » et un peu « rigolo » parce que je m'intéressais à son gardien de nuit. Il dit, haussant l'épaule :

— C'est quelqu'un qui lui aura joué encore une de ces bonnes farces, histoire de plaisanter : le vieux est sans défense...

— C'est un bien brave homme, obligeant, ponctuel, pas veinard, et point sot, ma foi : j'ai plaisir à bavarder avec lui...

Le maître compagnon se mit à se tordre, puis, soudain sérieux, il me regarda de biais, se demandant si je me moquais de lui.

Mais, à ce moment, nous vîmes, sous le premier bec de gaz, notre père Loriot arriver, clopin-clopant tricotant des guiboles et tirant au bout d'une ficelle quelque chose comme un paquet. Il était hors d'haleine; il n'avait point son Baladin avec lui : ce qu'il tirait était un sale chien barbet. Il nous aborda avec sa politesse ordinaire, chapeau bas, balbutiant des paroles d'excuses, tout en se précipitant à l'intérieur du bâtiment pour cirer les chaussures du maître compagnon. Celui-ci l'arrêta rudement :

— Inutile, j'ai fait votre ouvrage... Qu'est-ce qu'est donc arrivé avec votre chien ?

Mais, sans attendre la réponse, le maître compagnon prenait sa course vers la gare afin d'essayer d'attraper son train.

Et le pauvre bonhomme demeurait là, tirant toujours par la corde l'affreux barbet qui voulait s'enfuir, et tenant son chapeau à la main.

— Mais couvrez-vous donc, sacrebleu ! vous allez attraper la mort !

Le froid piquait et le vieux avait tant trotté dans sa journée que la sueur lui ruisselait sur les tempes. Je pénétrai avec lui dans le chantier pour qu'il se mît au moins à l'abri. Aussitôt sous un toit, il ôta encore son chapeau. Il avait envie de parler, mais l'émotion, la fatigue l'étranglaient, et, sans doute aussi, une sorte de prudence excessive, comme son humilité vis-à-vis de tous. Je lui dis :

— On vous a volé votre chien ?

— Je n'accuse personne, dit-il ; il y a sans doute plus pauvre que moi...

— Plus pauvre, ce n'est pas une raison pour vous prendre votre chien, que diable !... Mais comment un chien de la force de Baladin ne s'est-il pas défendu ?

— L'animal a son faible, comme l'homme : Baladin, monsieur, c'était un chien à se laisser séduire par la gourmandise...

— Les traiteurs, le long de votre trajet ?... Mais ne pouvez-vous faire une enquête dans les gargotes ?

— Ce n'est pas les traiteurs qui m'ont pris Baladin.

— Mais on dirait que vous savez qui c'est ?...

— Je n'accuse personne... Ah ! si j'avais seulement vingt années de moins, et si je n'avais pas eu mes malheurs !...

— Père Loriot, vous savez qui vous a pris Baladin !

Ah ! le satané bonhomme, avec sa circonspection et sa servilité, qu'il était donc agaçant aussi ! Il détourna la conversation et me parla du barbet qu'il était allé acheter aux Batignolles, pour trois francs ; encore le chien avait-il la gale.

Sur le cas de Baladin, il désirait ne pas s'étendre.

Cela, c'était tout de même un peu fort ! Être aplati au point de se laisser voler, sans murmurer, son dernier bien, son seul ami, son chien Baladin ! Ah ! c'est à moi que la moutarde montait au nez ! C'est moi qui voulais revoir Baladin ! Nous faillîmes nous fâcher : j'offrais au père Loriot de prendre l'affaire en main ; je me faisais fort de lui avoir son chien. Et puis, sacré mille tonnerres, je l'aimais, moi, ce Baladin, et si lui, Loriot, ne tenait pas plus que cela à son chien, c'est qu'il n'était qu'un rien du tout ! Je le lui dis à la face. Mais le père Loriot se laissait maltraiter par moi comme par les maçons : il y avait beau temps qu'il savait qu'il n'était qu'un rien du tout !

Nous ne parlions plus de Baladin ; le barbet se familiarisait ; on traitait sa maladie ; mais quand le bonhomme regardait cet avorton de roquet galeux, je croyais voir un nuage de poussière ternir ses yeux encore jeunes, et je devinais qu'une douleur muette, un regret inconsolable, un deuil profond du cœur, minaient à la dérobée le pauvre vieux gardien. Il dépérissait et fondait comme un bonhomme de neige. Tout ce qui lui restait d'innocent et de puéril se fanait. Jamais il n'atteindrait les longs jours qui lui devaient permettre de reprendre ses fascicules d'astronomie ! Sans doute, les courants d'air étaient moins vifs sur la lumière de la petite lampe, car l'immeuble avançait, mais les soins du barbet absorbaient les économies du père Loriot, et, pis que cela, je crois qu'il n'avait plus envie de lire !

* * *

Il disparut, lui aussi, comme Baladin. Un soir, je vis apparaître, au bout de la rue, un autre vieux dépenaillé, et un autre chien ; ils s'arrêtèrent au chantier, à côté de chez moi. Me voilà aussitôt dans la rue; j'interroge le maître compagnon, qui n'avait jamais compris que je pusse avoir du goût pour le père Loriot.

— Eh bien, quoi? on n'est pas éternel! En rentrant chez lui, ce matin, le père Loriot avait piqué son attaque.

Je me tus pour n'avoir pas l'air ridicule ; j'avais envie de dire : « Le pauvre vieux !... le pauvre vieux !... »

Le maître compagnon parlait :

— Heureusement que la logeuse a eu le nez de m'avertir à temps sur le chantier; sans quoi, qui c'est qu'aurait été de faction, cette nuit ? C'est Bibi !

Et il riait bruyamment d'avoir échappé à une telle corvée. Je voulus tout de même dire un mot du père Loriot :

— Pour moi, le bonhomme s'est rongé du regret de son chien... sans compter que sous ce vol il y a un mystère...

Le maître compagnon haussa une épaule et dit, dédaigneusement, en allant prendre son train des Moulineaux :

— Celui-là qu'a volé le chien au père Loriot... le père Loriot savait bien qui c'est, et son adresse, et tout : seulement, c'est quelqu'un qu'a sans cesse la menace à la bouche de révéler aux architectes et entrepreneurs que le vieux, autrefois, avait fait de mauvaises affaires...

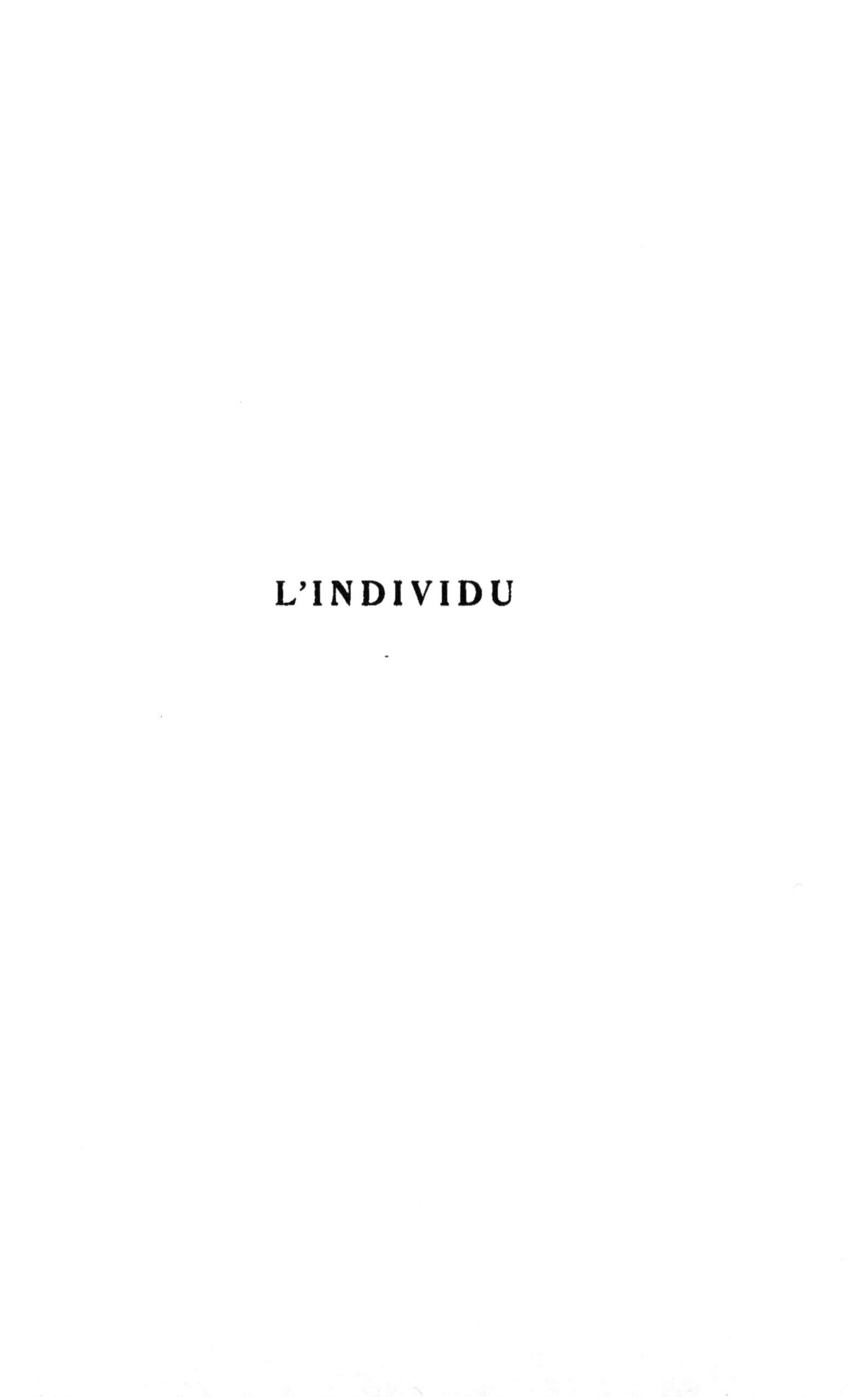

L'INDIVIDU

Prouville-sur-Mer, 3 septembre.

« Voici, chère amie, le petit événement qui a, pendant trois jours, bouleversé la paisible population de la villa Vauvillier, dont je suis l'hôte, et des villas Brodeau et Escroignard, ses voisines. Ne vous ai-je pas dit déjà, dans une de mes lettres précédentes, comment ces maisons normandes, c'est-à-dire celle des Escroignard et celle des Brodeau, se disposent, en face de nos dunes désertes, aux environs de la colossale construction des Vauvillier, qui a la prétention de reconstituer un de ces magnifiques séjours d'été que les riches Romains se faisaient édifier à Baïa, sous les empereurs ? Il y a, entre notre villa romaine et celle de la baronne d'Escroignard, un espace d'environ huit cents mètres carrés à vendre, aux trois quarts planté de jeunes sapins. Les Brodeau, eux, plus éloignés de la mer, sont situés derrière ce terrain. Enfin, sur la plage, il y a une petite cambuse en planches, flanquée de quatre ou cinq cabines, et qui s'intitule « Buvette » et « Bains de Prouville ». Elle est habitée par le « baigneur » à la chemise de flanelle rouge, et sert surtout au douanier, qui vient s'y adosser quand souffle le vent d'ouest.

» L'autre matin, en me faisant la barbe à la fenêtre, je remarque deux gendarmes formant un groupe animé avec le baigneur, sa femme et le douanier. L'un d'eux, le brigadier, a appuyé sa bicyclette contre la porte de la cabane ; il tient un carnet à la main et prend des notes ; son camarade, ayant mis seulement pied à terre sans abandonner sa machine, semble prêt à bondir tantôt dans une direction, tantôt dans une autre, selon les indications, sans doute confuses ou contradictoires, des trois bras que je vois tendus successivement dans des sens divers : le bras de drap vert du douanier, le bras de flanelle rouge du baigneur, le bras nu, couleur pelure d'oignon, de sa femme. Un délit a été commis dans nos environs. Le bruit s'en est déjà répandu dans la villa, je le sens à des sonneries, à des allées et venues nombreuses et fébriles dans les corridors. Moi-même, le menton aux trois quarts savonneux, je me surprends à sonner la femme de chambre : ah çà ! est-ce que nous aurions été cambriolés, par hasard ? La femme de chambre ne sait rien encore, sinon que « Madame a vu les gendarmes, Madame a fait réveiller Monsieur, Madame a une peur !... »

» En face de moi, près de la cambuse, le brigadier continue à écrire et l'autre gendarme à faire de faux bonds vers l'est, vers le sud-est, vers le midi. Les trois « témoins » ne sont plus du tout, mais plus du tout d'accord ; le douanier et le baigneur paraissent même échanger des propos acerbes; les éclats de leur voix parviennent, malheureusement indistincts, jusqu'ici. Quant à la femme, d'abord incertaine ou prudente, c'est elle, à présent, la mieux renseignée, la plus affirmative, la plus haussée de ton : son bras pelure d'oignon abat successivement celui du douanier et celui du baigneur, et se fixe, lui, lui seul, avec la rigidité d'un poteau indicateur, dans une direction que j'estime sud-sud-est : cette femme a vu le ou les malfaiteurs s'enfuir dans la direction de la villa Brodeau. Qui sait ? peut-être affirme-t-elle qu'il ou ils sont dissimulés sous les sapins du terrain à vendre ? Allons ! gendarme, vas-tu bondir enfin ?... Ce brigadier aussi, qui prend des notes, des notes, comme un reporter !... Ah ! les cambrioleurs ont beau jeu ! Du temps de la gendarmerie montée, les chevaux au moins avaient de l'impatience, eux ; ils piaffaient, ils invitaient la police à sévir !...

» Je m'habille en hâte, je descends. Toute la villa est informée, du moins de ce fait que les gendarmes sont là et qu'ils se renseignent, et cela suffit à agiter maîtres et gens. Les plus paresseux des invités sont debout et s'enquièrent, chacun, au fond, charmé qu'un événement vienne secouer la torpeur d'un séjour au bord de la mer, si monotone aussitôt que le fort de la saison est passé. Songez que, depuis plus d'une semaine, il ne s'est rien fait ici que du *bridge !...*

» Tout à coup, une nouvelle : le concierge de la villa a vu les gendarmes de près, lui ; il a été interrogé par le brigadier. « Où est-il, ce concierge, où est-il? » On apprend par lui que l'enquête est fondée sur une plainte de la baronne d'Escroignard, qui, par sa bow-window, aurait remarqué, toute la journée d'hier, un individu de fort mauvaise mine se dissimulant entre les sapins du terrain à vendre. Le concierge, en effet, avait aussi parfaitement vu l'individu ; le baigneur, la femme du baigneur, le douanier aussi l'avaient vu. Mme Vauvillier, notre gracieuse hôtesse, affirma aussitôt qu'elle avait bien cru le voir. Le maître d'hôtel déclara que ce n'était pas d'aujourd'hui que le terrain en question servait d'asile à « toute une clique de propr' à rien ». Eh bien, voilà qui est rassurant, par exemple!... Plusieurs de nous songent à prendre le train. On se raconte des histoires de voleurs. Nous avons deux petites femmes ici, que vous connaissez, chère amie, qui sont nerveuses à l'excès ; l'une d'elles — c'est la plus blonde — dit : « Moi, je sais » quelqu'un qui ne fermera pas l'œil de la nuit ! » Son mari, pas assez amoureux, soupire : « C'est moi ! » On fait des projets pour la nuit prochaine, au cas où les gendarmes ne se seraient pas rendus maîtres de l'« individu ».

» Vers midi arrive Brodeau. Comment ! Brodeau n'est pas au *golf* ? Non, Brodeau renonce au golf, et, en général, à tout divertissement tant que l'imbécile municipalité n'aura pas balayé la commune de la horde de repris de justice qui en sont la honte et qui en feront la ruine à bref délai.

» Avez-vous vu l'individu qui passe la nuit dans les sapins ?... Eh bien, dit-il, nous boycotterons !... Parfaitement ! nous sommes plusieurs propriétaires décidés à boycotter un pays livré aux apaches... Défendons-nous, Vauvillier, que diable ! si vous ne voulez pas que l'on fasse main basse sur nos demeures...

» Vauvillier, cependant, n'a pas perdu son sang-froid ; il fait observer au bouillant Brodeau :

— Permettez, mon cher Brodeau, de quoi s'agit-il, en somme? Avez-vous été volé, pillé, assassiné, vous ou les vôtres? Vos voisins l'ont-ils été ? Quelqu'un de la commune l'a-t-il été ?... Un individu, oui, a été signalé dans le terrain à vendre ? Après ?

— Permettez, osai-je ajouter moi-même, à l'appui de mon cher hôte, passons en revue, s'il vous plaît, les forces que sont en mesure d'opposer à cet individu les trois villas particulièrement menacées : chez vous, quatre hommes valides, plus un mécanicien, plus trois domestiques mâles, — quatre et un, cinq, et trois, huit. Ici même, ce matin, au petit déjeuner, nous étions sept mâles à table ; il y en a autant, paraît-il, à l'office... Huit et sept, quinze, et sept, vingt-deux. Vingt-deux hommes déjà, monsieur Brodeau !... Si, maintenant, nous mobilisons la maison de la baronne...

» Mais la facétie a paru du plus mauvais goût. Ces messieurs étaient fort sérieux. Brodeau n'admettait pas qu'il se fût privé de son golf pour venir ici plaisanter ; il ne quitta pas Vauvillier qu'il n'eût obtenu de lui le serment de l'accompagner chez « qui de droit ». Il s'agissait d'amalgamer un bloc de propriétaires en vue d'une protestation collective, véhémente !

» La baronne d'Escroignard, qui ne met pas les pieds chez les Vauvillier, récemment enrichis, vint en personne, après déjeuner, à la villa romaine — le danger raccourcit les distances — et elle donna un corps à la vague terreur dont toutes ces dames étaient déjà saisies : elle avait vu, elle, l'individu, elle donna de lui un signalement peu ragoûtant ; il avait couché sous ses fenêtres ; elle n'avait pas fermé l'œil de la nuit ; elle était harassée ; elle excita une grande pitié.

» Mme Vauvillier, intimement très flattée de recevoir la baronne, essayait en vain de donner à l'entrevue un certain air de visite mondaine ; mais la baronne se maintenait ferme sur le terrain de la défense commune, et n'abandonnait pas l'individu redoutable. Tout à coup, ajustant son face-à-main, elle se dressa vers la baie ouverte sur la mer et s'écria :

» — Le voici !

» Une dizaine de femmes et jeunes filles ne poussèrent plus qu'un cri. L'individu était là-bas, assis sur la dune, et regardait la mer.

» Aussitôt, une réflexion, unanime, comme le cri d'effroi : « Et la gendarmerie, pendant ce temps, que fait-elle, s'il vous plaît ? Elle déjeune !... » Une si amère dérision souleva les épaules. Elle s'était transportée là le matin, la gendarmerie, en manière de promenade, à bicyclette, et pour quoi ? pour prendre des notes ! Prendre des notes quand il n'y avait qu'à opérer une battue dans le bois de sapins !... Et à présent, elle déjeunait ! elle s'adonnait à la sieste, peut-être ! et l'individu, en flagrant délit de vagabondage, est là, qui nous nargue !... Ah ! la police et les autorités locales eurent un fichu quart d'heure, je vous prie de le croire ; et, sur le dos du gouvernement, la hautaine baronne et Mme Vauvillier se trouvèrent unies par une commune oppression. Ensemble, elles désignaient du doigt le va-nu-pieds assis sur la dune, le « propre-à-rien » qui troublait trois villas opulentes, peuplées de plus de cinquante âmes. Il leur devait sembler énorme et nombreux, quoique seul et misérable ; Mme Vauvillier eut un mot :

» — Voilà nos maîtres !...

» La baronne acquiesça par un soupir. Toutes deux se courbèrent sous la même servitude.

» Et, l'après-midi entier, l'individu demeura sur la dune, assis sur son derrière ou étendu tout de son long, à demi enseveli par le sable, les chardons bleus et l'herbe fine. Jumelles, prismes binoculaires, longue-vue puissante de l'illustre fabrique d'Iéna étaient braqués tantôt sur lui, tantôt sur la route poudreuse, où les plus optimistes de nous guettaient encore le retour de la maréchaussée. Sous un fort grossissement, le malandrin, tranquille comme un professeur en vacances, était, ma foi, assez sordide : la barbe en essuie-pieds, le paletot troué, la chaussure indescriptible, un feutre ayant reçu l'eau du déluge, il provoquait des frissons sur la peau de nos jolies joueuses de bridge désemparées, qui, pour la première fois depuis leur séjour à Prouville, regardaient enfin du côté de la mer. L'une d'elles ne se plaignit-elle pas que l'individu lui gâtât le paysage ? alors que la vérité était qu'il le lui faisait découvrir ; — car, enfin, qu'est-ce que nous venons faire ici, tous tant que nous sommes, sinon continuer à jouer au bridge, au tennis, au golf ou à l'amour, comme à Paris, où nous serions tout aussi bien !...

» Vers le soir, la gendarmerie étant inactive, les trois villas, de plus en plus énervées, se préparant à passer la nuit blanche, et l'individu se prélassant impunément sur la dune, j'annonçai à ces dames ma résolution d'aller un peu le regarder sous le nez. On m'y encouragea comme à une expédition héroïque :

» — C'est cela, me dit-on, montrez-vous et faites en sorte qu'il comprenne que, des trois villas, nous le gardons à vue...

» J'enjambai, en me piquant les chevilles, ces chardons des dunes qui sont de la couleur d'une eau de savon et font, dans leur ensemble, un tapis aux nuances roses et bleuâtres, d'une délicatesse exquise, que je ne connaissais point, car il est superflu de vous dire que, non plus que les autres, je ne m'étais jamais autant avancé vers la plage. Notre homme était étendu sur la pente sablonneuse ; il ne dormait pas; son œil, que ma présence ne troubla point, semblait fixé sur l'horizon, où des nuages magnifiques préparaient une apothéose au soleil couchant. La mer était d'un calme absolu, assez basse, et de grandes flaques stagnantes, laissées par le flot et singulièrement enchevêtrées, reflétaient le ciel en immenses tessons de grès flammés ou en débris d'émaux anciens d'une richesse de tons fabuleuse. De petits fleuves, çà et là, sortant du sable, en sources vives, serpentaient, se grossissaient, se ramifiaient et s'allaient perdre au loin en de larges estuaires infiniment compliqués. Auprès de nous, un bruit sec et menu, comme celui qu'on entend par un vent faible, à la lisière d'un champ de seigle ou de blé, provenait des sautillements des puces de mer innombrables. Au milieu des bavardages des villas, entendons-nous jamais aussi ce large chant, puissant et presque imperceptible, de la mer retirée ?...

» Immobile et debout, à quelques pas du redoutable individu, je me demandais comment j'allais l'aborder, lorsque lui, tout bonnement, me dit, avec une simplicité et une conviction touchantes :

» — C'est beau...

» — Ah ! fis-je, étonné, ça vous plaît ?

» — Ça serait malheureux que ça ne me plaise pas, dit-il ; je viens de Guerchy à pied pour voir à quoi que ça ressemble...

» — De Guerchy ?...

» — ... Canton de Joigny ; c'est dans l'Yonne... C'est pas ici, tonnerre de Dieu !... y a du ruban entre les deux !... Mais v'là quarante ans que ça me démangeait... une idée, qu'est-ce que vous voulez ?... Ah ! bougre, si j'avais attendu que j'aie fait des économies, j'aurais bien crevé avant de voir la mer...

» — Il y a quarante ans que vous vouliez voir la mer ?...

» — Peut-être bien plus !... Une idée qui s'est logée là, comme la teigne, dans le temps que j'étais moutard : « Y a du beau, que je m'étais dit, faudra voir !... » J'y ai mis le temps, comme c'est visible : le loisir et l'argent m'ont manqué...

» Et il riait dans sa barbe de trois semaines...

» — Au moins, lui dis-je, êtes-vous content de vous être passé votre fantaisie ?

» Il porta son regard vers le large, où les grands chuchottements de la mer semblaient la voix du crépuscule admirable, et il dit :

» — L'homme qui passe avec de mauvaises chaussures est mal vu dans les pays, et, en plus de ça, la saison est pluvieuse ; mais ça ne fait rien, je suis satisfait : c'est beau !... »

Achevé d'imprimer
le 1er février 1909.

CE VOLUME EST MIS DANS LE
COMMERCE AU PRIX DE 10 FRANCS

LES

BIBLIOPHILES FANTAISISTES

Dans l'état actuel de la librairie, les éditeurs français se refusent à publier tout ouvrage qui n'entre pas dans les dimensions du volume courant à 3 fr. 50 ou qui ne respecte pas les conventions les plus plates et les préjugés à la mode.

Or *le Rouge et le Noir* de Stendhal dépasse les dimensions du 3.50, *le Hasard du Coin du Feu* de Crébillon le fils les atteint difficilement, et *Tribulat Bonhomet* de Villiers de l'Isle-Adam ferait tomber en convulsions un très grand nombre d'éditeurs. Il semble donc que l'on puisse, avec quelque apparence de raison, offrir au public des ouvrages en dehors des séries auxquelles nous sommes habitués.

En conséquence, les Bibliophiles fantaisistes se proposent, à la manière des éditeurs anglais ou américains, de publier des ouvrages de formats et de genres les plus divers.

Nous avons eu le rare plaisir de voir notre initiative comprise par un certain nombre d'auteurs déjà célèbres : MM. Marcel et Jacques Boulenger, René Boylesve, François de Curel, Louis Laloy, Nozière, Henri de Régnier, Laurent Tailhade, Jérome et Jean Tharaud, dont nous publierons des œuvres dès notre première année.

Chacun de nos volumes sera imprimé avec les caractères, le format et le papier qui nous sembleront le mieux convenir au sujet. Nous arriverons ainsi à offrir à nos souscripteurs des ouvrages qui, par la manière seule dont ils seront présentés, constitueront déjà des ouvrages de bibliophile.

Ils seront toujours tirés à 500 exemplaires numérotés à la presse.

Les souscripteurs s'engagent à verser une somme de 5 francs pour chaque volume qui leur sera remis par la poste contre remboursement. La souscription annelle ne s'élèvera jamais au-dessus de 50 francs et la Société se réserve, s'il est publié plus de dix volumes par an, de les offrir aux membres souscripteurs.

Les exemplaires non souscrits seront mis dans le commerce à un prix variable, mais qui ne s'abaissera jamais au-dessous de 7 francs 50.

Les souscriptions pour la première année courront du 1er octobre 1908. M. Eugène Marsan, administrateur de la Société (11bis, rue Poussin, Paris, XVIe), est chargé de les recevoir.

OUVRAGE

DÉJA PUBLIÉ PAR LA SOCIÉTÉ

MARCEL BOULENGER : *Nos Élégances.*

Ce recueil de chroniques est tout à fait le contraire du volume à grand tirage : il semble avoir été composé pour les délicats et les lettrés, ceux que l'on appelait autrefois des dilettantes ; et nos sottes gens de contemporains y trouveront la peinture de leurs ridicules, que l'auteur caresse au passage d'une main dédaigneuse, à la cavalière, pour ainsi dire.

A PARAITRE

AVANT LE 1er OCTOBRE 1909 :

Jacques BOULENGER : *Candidature au Stendhal-Club.*

François de CUREL : *Le Solitaire de la Lune.*

Louis LALOY : *Claude Debussy.*

NOZIÈRE : *La Belle et la Bête.*

Henri de RÉGNIER : *Les dépenses de Madame de Chasans* (documents sur la vie de famille au XVIIIe siècle).

Laurent TAILHADE : *Au pays de l'Alcool et de la Foi.*

Jérome et Jean THARAUD : *La Tragédie de Ravaillac.*

Louis THOMAS : *L'Esprit de Monsieur de Talleyrand.*

www.ingramcontent.com/pod-product-compliance
Lightning Source LLC
LaVergne TN
LVHW020317230826
846091LV00003B/709

* 9 7 8 2 3 2 9 0 1 8 6 9 0 *